まだら模様の日々

岩瀬成子

かもがわ出版

もくじ

エッセイ
まだらな毎日

祭 6
お客さん 15
玄関 21
ハワイの服 29
オーバーコート 37
犬たち 46
百合の花 56
綿 65
千枚通し 74
戦争の夢 84
グラス 96

連作短編
釘乃の穴

銀一おじさんのテーブル 114
錫ちゃんのゆっくりジョギング 128
錐子おばさんの毛糸 142
おばあさんの兎山 158
小鉄の白 173
おじいさんの金色ソックス 190

*

あとがき 206

写真　著者
装幀　伊勢功治

まだら模様の日々

まだらな毎日

祭

　道は人であふれていた。道幅いっぱいのぎゅうぎゅう押し合いへし合いで、片手を母に引っ張られながら、顔はだれか知らない大人のお尻に押しつけられていた。押しつけられているのは着物の羽織だったり、背広の裾だったり、コートのお尻あたりだったり。どの着物からも、背広からも、コートからも樟脳《しょうのう》の匂いがして、臭くてたまらない。みな一張羅を箪笥から引っ張り出して着てきたのだ。年に一度の高森天神のお祭りだから。

　抱っこもおんぶもされていなかったから、四歳か五歳だった。その頃暮らしていた高森町と玖珂《くが》町の境にあった家から両親に連れられて、長い道を兄も一緒に歩いてやってきたのだ。

　道の両側には大きいのや小さいのや、露店がどこまでもくっつき合って並んでいる。赤くつやつやしたリンゴ飴を売る店、つぎつぎ雲のようにわきあがる綿菓子を割り箸にからめ取って並べている店、ときどき「パーン」と大きな音を立ててはじけるぱんぱん菓子の店。台湾バナナの叩き売りをするおじさんは頭に手拭いを巻いて大股を広げて立ち、芝居がかった声でがなりたてている。後ろに張ったロープにいろんな大きさのズボンを幾重にも掛けたその前で、両手にズボンを掲げ持って立ち、「きょう買わなきゃ大損するよ」と顔を右に左に向けながら呼びかける男。大人のや子どものいろんなサイズの靴を売る店、木組みの桟に麦わら帽子や、リボンのついた中折帽や、野球帽などがぎっしり並べて掛けてある帽子の店も。

赤や、黄色や、青の色水が入った三角形のグラスには薄いガラスの板がかぶせてある。その色水と、白い粉の上で男の手でごろごろ丸めて伸ばされ、大きな包丁でトントンと斜めに刻まれたいも飴を買ってほしくて、しつこく母に頼んだけれど、「疫痢《えきり》になる」と、買ってもらえなかった。

もちろんおもちゃを売る店もある。桃太郎や金太郎などのお面、ヨーヨー、ブリキの飛行機、宇宙独楽にピストルも。兄は銀色の知恵の輪を、わたしは折り畳んだり伸ばしたりすると花や人形になる小さいおもちゃを買ってもらった。

そんなとき、後ろから赤い顔をした男が大声で何かわめきながら人を掻き分けてやってきた。酔っぱらいだった。母は「目を合わせちゃいけん」と、わたしの顔をそむけさせた。鬼のような男は後ろをよろけながら通っていった。

押されに押されて天神様の鳥居にようやくたどり着くと、そこには白装束に兵隊帽をかぶった男が三人並んでいた。松葉杖をついた人は白い箱を首からさげ、まんなかの人はアコーディオンを弾き、もう一人は地べたに座って頭をさげている。

わたしはぎょっとして、この人たちは一体どうしちゃったんだろうと思って、日頃感じたことのない禍々《まがまが》しさを感じ、母に何か聞きたいと思ったけれど、母も父もその人たちのことはまるで目に入らないかのように、わたしたちの手を引いてそそくさと鳥居をくぐるのだった。

境内に入ると、すぐ左手に見世物小屋が並んでいる。どの小屋の上にも恐ろしい絵が極彩色で描かれた看板が掲げられている。その入り口は布で覆われたり、簡易な戸が立てられたりしていた。「見なきゃ損だよ、見て帰らなきゃ後悔するよ」と、小屋のなかからだみ声が誘っている。体が蛇の女の絵や、下半身が異常に肥大した子どもの絵もある。背中じゅうにいぼいぼができている人の絵も。

こういうのはどんなことがあっても絶対見ちゃいかん、と父は低い声で言った。わたしは怖くて、看板さえちらっとしか見ることができず、すぐに目をそらした。絶対見ない、と思いながら、でも、ほんとうはどんなことが隠されているのか、いつか知りたいとも思っていた。

神社の横の空き地にはサーカスが白いテントを張っていた。それを見せてやろうと思って、両親はわたしたちを連れてきたのかもしれない。

なかは薄暗くて、木の長椅子がぐるりと円形に数列並べられている。たぶん父か母にそうしろと言われてのことだと思うが、兄とわたしは長椅子には腰かけないで、いちばん前の柵のところに立った。

　山高帽をかぶって足がものすごく長い男が歩きにくそうに出てきて、両手に持った棒を振りあげたり、ぐるぐる回したりした。それから大皿を二つ抱えた人が出てくると、細い棒の上で皿をくるくると回した。

　そのあと、布と樽を持った年のいった感じの女の人が出てきた。黒っぽい地面に布を敷いてその上に仰向けに寝転ぶと、両足を上にあげて足の裏で樽を転がしはじめた。樽を縦にしたり、横にしたり、両足で蹴りあげてからまた両足で受けたりした。そのたびに客席から拍手がわく。わたしは、その人のむき出しの白くて太い太腿が見てはいけないもののような気がして、着古した感じのシャツとうっすら汚れているショートパンツもひどくみすぼらしくて嫌だった。

　いろんな人がいろんなことをしたけれど、どれもどことなく貧乏くさくみじめな感じがして、その技が上手いのかどうかもわからなかった。ときどき、ぱちぱちと大人たちの拍手が起きたり、笑い声も聞こえたけれど、わたしは嬉しいような気持ちにはならなかった。笑ったりすると、芸をしている人に悪いような気がした。

　テントを出ると、そばに象が一頭つながれていた。象を見るのはそのときが初めてだった。そんなに大きくない象はやさしい眼をしていた。

母が象のそばに立っている男の人にお金を渡すと、その人はまず兄を抱きあげて台にあがって象の背中に乗せた。そのつぎにわたしを抱えあげるとまた台にあがり、兄の後ろに乗せた。象の背中はものすごく広く、乗るという感じじゃなくて、ただ両足を思いきり広げて座っただけだった。

象はたいへんおとなしかった。ときどき首を動かすだけで、脚を動かしたりはしない。象の背はおそろしく高く、そばで父も母もわたしたちを見あげている。地面が遠い。わたしは怖くてたまらなくなって、兄にしがみついた。象が少し下を向くと、いまにも二人とも象の頭のほうへすべり落ちそうな気がする。わたしは毛糸のパンツを履いていて、象の硬い毛がちくちくとお尻を刺してもいた。恐怖と痛さでわたしは泣きだした。象になんか乗りたくなかったのだ。そばで見ているだけでよかったのだ。泣いているわたしを父も母も笑って見ていた。

小学校にあがる前に、町なかの家に引っ越した。今度の家は父の会社にも近いし、小学校はすぐそばだった。

戦争が終わって朝鮮から引揚げた父は、最初は県のまんなかあたりの海辺の町にしばらく住み、そのあと県東部の玖珂町で小さな会社を興して、その町のはずれに大きい家を借りた。わたしはその家で生まれた。そして、その家で六、七年暮らしたあと、大家から家を明け渡してほしいと言われたらしく、今度は町なかに家を借りたのだ。

秋の玖珂天神祭の日に、母に連れられて祭に行った。九歳ぐらいのとき。母と二人で祭に行ったのはそのときだけで、つぎの年からは友だちと行くようになった。その頃、祭の日には学校は半ドンになった。祭の日だけでなく、春と秋の農繁期にも学校は休みになったり、半ドンになったりした。

父は、せっかく町なかの家に引っ越したのに、わずか二年ほど暮らしただけで、わたしが三年生になってすぐ、病気で死んでしまった。兄は父が死ぬ年の春、小学校を卒業して遠く山口市の親戚に預けられて、その町の中学校に通いはじめていた。田舎の中学、高校じゃだめだ、という父の判断のもと、そうさせられたらしいのだが、兄はおそらく嫌々行ったのだと思う。そして、家には母とわたしだけが残った。

天神様までの道にも、高森天神祭と同じようにたくさんの露店が出ていた。でも、高森天神祭ほどの人出はなくて、道を楽に歩くことができた。

途中、人垣ができていたので人のあいだからなかをのぞいてみると、黒っぽい着物に黒っぽい袴《はかま》を付けた男が立っている。白い鉢巻をして、大声で何か言っている。教え諭すような口ぶりで、何か言っては「いいかね」と見物人を睨め回す。男の前には広口のガラス瓶が道にじかに置かれていて、底のほうに赤い液体が溜まっていた。

「ほら、よおく目をあけて見ておいでよ。ごまかしはなしだ。いいかね、切るよ」

男は自分の左の袖をたくしあげて腕を出すと、その腕を高く掲げ、それから小刀を腕に当てるとすっと引いた。見物人は黙って見ている。

「切れた。切れて血が出ておる」

男は怒ったように言って、腕を見物人のほうにぐいっと差し出した。わたしは身を乗り出して腕を見ようとしたけれど、どうにも傷口が小さくて、どこが切れているのかよくわからない。

男は小刀をそばの台に置くと、そこにあった小さなガラス瓶を取りあげ、傷の上に傾けた。赤い液体がぽたぽた流れ落ち、男の腕をつたって垂れた液は男の前のガラス瓶のなかへと落ちた。

「いいかね、どんな傷でもたちまち治る。治らない傷はない」

そう言ってから、いちばん前に立っている小学校の黒い学生服を着た小さい男の子を呼び出した。

「虫歯があるかね」

男の子はうなずく。

「よし、じゃあ、この水を口に含んでゆすぎなさい」

男の子はもじもじしながら男が差し出した赤い液が入った小さなグラスを見つめている。

ほんとうに飲むんだろうか。わたしはその子から目を逸らさない。

「大丈夫だ。体に悪いものは何も入ってはおらん」

男の子は仕方なさそうにグラスを受け取り、少しだけ口に含んでから、ぐちゅぐちゅとゆすいだのかどうか、すぐにガラス瓶のなかに吐き出した。

「もう、おまえの虫歯は治った」

男は男の子を戻すと、「いいかね。いま買わなきゃ手には入らん」と、見物人をぐるりと見回したが、すでに人垣は崩れはじめていて、買おう、と言う人は出てこなかった。わたしも母も、ほかの人に混じってそこを離れたので、あとであの赤い液を買った人がいたのかどうかは見届けられなかった。

途中の露店で何か買ってもらったのかもしれないけれど、覚えていない。ヨーヨーくらいは買ってもらったような気もする。

天神様に参っての帰り道、何も買う気はない、と言っていた母が、瀬戸物を並べている露店の前で足を止めた。小皿や大皿、ごはん茶碗や湯呑み、大鉢小鉢、急須や徳利などを地べたに敷いた茣蓙《ござ》の上にいっぱい広げている。

「安いよ。半値だよ。こうなりゃ、もう捨て値だ」

そばで女の人が二、三人、しゃがんで皿や茶碗を手に取って見ている。母もつられるようにしゃがみ込み、湯呑みを手に取った。紺色の水玉模様の湯呑みだった。

すかさず男が「奥さん、さすがだねえ、目が高いねえ。それね、もう半値にする。買わなきゃ損だよ」と声をかけた。

母は手のなかで茶碗をくるくると回し、何度も裏を見たり、柄を見たり、なかを見たりしたあげく、「いくら」と聞いた。

母は同じ柄の湯呑みを五つ買った。一つひとつ新聞紙に包まれた湯呑みを買い物かごに入れ、帰り道を歩きながら、「やれやれ、これで一揃いできたねえ。普段使う湯呑みが欠けちょったからね、ちょうどよかった。ええ買い物をした」と嬉しそうだった。

そして家に帰るとすぐ、母は湯呑みを洗って熱いお茶を注いだ。そのお茶を飲もうとすると、湯呑みの底から白い小さな紙きれのようなものが浮かびあがってきた。よく見ると、湯呑みの底に小さい疵《きず》が見える。白いものは疵を隠すために貼られていたものらしい。

母はあわててほかの湯呑みにもお湯を注いだ。するとやっぱり、五つの湯呑み全部に白いものが浮かんだ。すべて疵ものだった。

母は、信用したわたしが馬鹿だった、と悔しがった。そして、「ええかね。ああいう人らを絶対信用しちゃいけん」と、わたしに叱るように言った。

「あそこにしゃがんで茶碗を見よった人らはサクラじゃったかもしれん。わからんかったねぇ」

「サクラって何」わたしは聞いた。

サクラという言葉をそのとき初めて知った。

お客さん

髪をゆるく上にまとめ、柔らかな笑みを浮かべて「成子ちゃん、こんにちは」と叔母は言った。初めて会うのに、叔母はずっと前からわたしを知っているような、懐かしそうな顔をしている。わたしは三つか四つだった。

京都に住んでいる叔母は母の妹で、大きい荷物と共にはるばる山口県までやって来たのだ。叔母と母は似ていなかった。顔も、喋り方も、身のこなしも。おっとりとした口調で叔母は喋り、ふふふっと小さい声で笑う。

「よろしくお願いしますね」と叔母はわたしに言った。わたしに向かってそんなもの言いをする大人に会ったことがなかった。

叔母はわたしたちと暮らすことになったのだ。

「お姉さん」と母のそばに行き、「何か、することありますう」とおっとりと言う。

そう口では言うものの、叔母はあんまり家のことはしなかった。少したって、たぶん父が知り合いのだれかに頼んだのだろう、叔母は町の銀行に勤めることになった。母が持ってもいなければ、着たこともないような柔らかい生地のスーツを着て、ハイヒールを履き、朝、バスに乗って町へ出かけていく。幼稚園に通っているわたしは、友だちと一緒に町の幼稚園へ二キロの道を歩いて通っていた。

「あの子に銀行勤めなんてできゃしませんよ」と母は父に言った。叔母がいないとき、父と母は声をひそめて叔母の話をした。叔母はたぶん銀行でも、「何か、することありますう」と言っていたんじゃないかと思う。

ひと月ぐらいたった頃、夕方、上海のおばさんという人が来た。小柄で色白で、少ない髪をひっつめにして頭のてっぺんでお団子に結っていた。客間で、上海のおばさんは父と向かい合った。母は襖の近くに、わたしもそのそばにいた。

上海のおばさんはにこりともせず、清子を返してくださいませんか、と父に言った。丁寧なもの言いだったけれど、譲りませんよ、という頑迷な押しの強さがあった。

叔母は幼いときに上海に住む遠縁の養女になっていた。年取ってからも、叔母はずっとそのことで母親を恨んでいた。「わたしだけがよそにやられて、そりゃあ苦労したのよ」と、母と母の姉に言い、「おかさんは、どうしてわたしだけよそに出すことにしたのかしら」と恨み言を言った。すると、母も母の姉も「おかさんの悪口を言うんじゃない」と、すぐさま言い返した。叔母は悲しそうな顔をして口をつぐんだ。母も母の姉も、恐ろしいほど自分の母親を尊敬していた。

養女にやられた先の上海のおばさんという人は幼い叔母を厳しく躾《しつ》け、裁縫なども物差しでぴしぴし叩いて教え込んだという。二十歳になるかならないかのときに養父母の決めた朝鮮に住む男と結婚をさせられたものの、その結婚生活は幸せではなかったという。数年のうちに叔母は逃げだして、その男と離婚したあと、戦争が終わって京都に引揚げていた養父母の元に戻ったのだが、養母の変わらぬ厳しさに耐えかねてまたまた家出をし、山口県に住む姉の元に逃げてきたのだ。

「あなたのところへは返しません」と、着物を着て正座した父は言った。「いくら頼まれても返さない」

返せ、返さないを繰り返したあと、上海のおばさんは顎を反らして何か言い残し、ろくに挨拶もせずに帰っていった。

そのまま叔母はうちでずっと一緒に暮らすのかと思っていたのに、しばらくたつと京都に帰っていった。父が間に入って養子縁組解消の手続きを進めて、それが終わったからかもしれない。

ほほほ、ふふふ、と笑い、わたしに柔らかい声で「成子ちゃん、何してるのお」と話しかけてくれた叔母がいなくなると、とたんに家のなかがぼんやりしてしまった。なにもかもが平べったくなって、無表情になった。つまらん、と思った。つまらん、つまらん、といくら思っても、叔母は帰ってこなかった。

叔母はそののちクリスチャンになって、カトリック教会で働いた。毎年クリスマスになると、自分で焼いたクッキーやチョコレートケーキを送ってくれた。

わたしの許に、いまも小さい上海のお盆がある。元々は大中小と三つあったそうだが、小さいのだけ残った。縁に錆びた箍《たが》がはめられ、剝げかけた金色の文字がまんなかに描かれている。お盆を使うたび、一度しか会わなかった上海のおばさんを思い出す。

三人の子どもたちは、わたしの姪であり、甥であるはずだった。いちばん上の姪はわたしと同い年の有子ちゃんで、その二つ下が啓太郎くん、いちばん下がさらに二つ下の紀子ちゃん。紀子ちゃんはまだ二つになっていなかったと思う。三人は母親に連れられて山口市から初めて泊りがけで遊びに来たのだ。その母親をわたしは「おねえちゃん」と呼んだ。三人の父親はわたしの兄にあたる人だったから。

父は敗戦まで朝鮮に二十年いた。朝鮮で最初の結婚をしていたのだけれど子どもがいなくて、自分の長兄の息子を養子にした。それが「おにいちゃん」だった。父は引揚げたあと、まもなく妻を亡くし、それからわたしの母と再婚した。その養子のおにいちゃんの子どもたちが有子ちゃんたちなのだ。

「おばあちゃま」と、三人は母を呼ぶ。父を「おじいちゃま」と。変な感じ、と思った。三人は、いつも遊んでいる近所の子たちとは雰囲気が違っている。着ている服もわたしが着ているものとはどことなく違っていて、おしゃれな感じがする。靴も、わたしや兄が履いているようなズックじゃない。

有子ちゃんも啓太郎くんもお行儀がよく、はきはきしていて、「おばあちゃま、これ何ですか」と、床の間のものや、下駄箱の上のものを尋ねる。

家には部屋が十くらいあったから、三人は家のなかをぐるぐる歩き回ったりもする。わたしはどうやって三人のなかに入っていけばいいんだろう、と思うばかりで、話し言葉もちょっと違う三人にただじたじとして、うまく輪に入れない。いちばん下の紀子ちゃんがかわいくて、こんな可愛い妹がいたらどんなに嬉しいだろうと、紀子ちゃんに飴をあげたり、人形を見せたりした。

それでも一緒に晩ごはんを食べ、一緒にお風呂に入っているうちにしだいにうちとけて、つぎの日になると、兄も一緒になって庭を駆け回った。そのあと三人はもう一泊したかもしれない。

ずっといてほしいと思ったのに、三人は来たときと同じようにお行儀よく挨拶をして、弾むような足取りで帰っていった。国道をバス停に向かって、おかあちゃまに連れられて歩いていく三人を見送っていると、むずむずと腹だたしいような気持ちがわいてきた。わたしだけが取り残されてしまった気がした。さっきまで三人から「成子ちゃん、どうやるの」だの、「成子ちゃん、ここに入ってもいいの」だの言われて、そのたびにいい気持ちになっていたのに、そのうきうき気分が急にしぼんでいく。

三人がいなくなって広くなった家で、わたしは畳にばたんと寝転んで、ごろごろ転がった。何かが体から剝ぎ取られてしまったような気がして、つまらん、つまらん、と思った。楽しいことがぜんぶ消えてしまった気がした。

母が「ビスケット、あげようか」と、棚の上から森永ビスケットの缶を下ろして蓋をあけた。それはあの子たちが持ってきてくれたお土産だった。大きくて四角い缶のなかには、白い薄紙のケースにきちんと収まった大小いろんなビスケットが並んでいた。

「いらん」とわたしは言った。何かに腹をたてずにはいられなかった。

「好きなのを食べてええよ」と、機嫌を取るように母はまた言う。

わたしは起きあがり、負けたような気持ちでビスケットを片手に持てるだけ取った。

ビスケットは驚くほどおいしかった。泣きたくなっていたけれど、がまんしてビスケットを食べた。

玄関

犬のシロが吠えだして、低いお経の声が聞こえてくると、わたしは何をしていても立って表の間に行き、障子戸をあけて外を見た。玄関の格子戸の前に、繋がれた鎖を伸ばしきって吠えたてているシロから数歩離れて、笠を深くかぶったお坊さんが立っている。顔は見えない。色褪《あ》せた黒い僧衣を着たお坊さんは拝む手から長い数珠を垂らし、犬を怖がりもせずにお経を唱えつづけている。

わたしは母を呼びに行く。「お坊さんが来ちゃったよ」と言ったときには、母はもう財布からお金を出して紙に包んでいる。お金の包みを持って玄関に行き、お坊さんが片方の手に持っている古びた鉢にそっと入れ、頭をさげる。下からそっと見たお坊さんの顔は日に焼けていて、目はふせたまま、わずかに頭をさげた。

ときには、母はお金と一緒におにぎりをあげることもあった。お米のときも。お坊さんはやはり少しも表情を変えず、わずかに頭をさげると向きを変え、庭を出ていった。あのお坊さんはどこから来て、どこまで行ってんじゃろうと、お坊さんがやって来るたびに思ったのに、お坊さんが帰ってしまうと、じきにそのことを忘れた。

昼寝をしていても、遠くからチリンチリンと鈴の音が聞こえると目が覚めるのだった。夏は障子戸をあけ放して、庭に面した風通しのいい部屋で昼寝をさせられていた。どんなに暑い日でもタオルの腹巻をして。夜寝るときも、浴衣の上に薄桃色のタオルを巻き、紐でぐるぐる縛られていたから、子どもはだれでもそうされるもんだと思っていた。

チリンチリンと、自転車につけた黄金色の大きい鈴を鳴らしてやってくるのはアイスキャンデー売りだった。わたしははね起きて、ねえやさんのきくちゃんに腹巻を取ってもらってから、きくちゃんと一緒にゴムのつっかけを履いていそいで玄関を出る。アイスキャンデー売りが行ってしまうんじゃないかと気が気じゃなかった。

少し前までは、わたしは家ではゴムのつっかけではなく、子ども下駄を履いていた。でもどういうわけか、ちょっとしたことで何度も足をくじくようになった。そうなるとバスで一時間近くかかる「揉み医者」に連れていかれる。揉み医者はいつも混んでいて長いあいだ待たされた。待っているあいだにわたしは寝てしまう。

くるぶしに水がたまったこともあった。太った先生は太った指で注射器で水を抜いたり、マッサージをしたり、絆創膏を貼ったりした。そしてついに下駄は禁止、となった。その代わりに、なかにスポンジが挟まっている柔らかいゴムのつっかけがいい、と言われ、揉み医者でたぶん買った。町の履き物屋では子ども用の柔らかいゴムのつっかけなんか売っていなかったから。桃色の花の飾りのついた緑色のつっかけは最初のうちこそめずらしくて嬉しかったけれど、履き心地は変に柔らかくて頼りなく、走ろうとすると脱げそうな気がしてなんとも歩きづらいものだった。

財布を持ったきくちゃんと、家の前の国道二号線に自転車を停めているアイスキャンデー売りのところに行く。麦わら帽子をかぶったおじさんが自転車の後ろにくっつけた青色に塗られた木箱の蓋を取る。

「何本」と、おじさんは聞く。

きくちゃんが母に言いつけられた本数を言うと、おじさんは木箱に手をつっ込み、アイスキャンデーを一本ずつ取り出す。きくちゃんは持ってきた小鍋ではだかのアイスキャンデーを受け取った。わたしや兄だけでなく、大人たちもアイスキャンデー売りを待っていたのだ。

割り箸のような木の棒にくっついた黄色っぽいアイスキャンデーは、たいてい少し溶けかけていた。一本五円もしなかったと思う。しゃりしゃりして甘くて冷たくて、ああおいしい、と思って食べた。

富山の薬売りのおじさんは大きい黒い革の鞄を背負ってやってきた。縁のある布の帽子を取って、柔らかな物腰でにこにこと愛想よく、お天気の話をしたり、農作物の出来の話をしながら、鞄の一枚皮の大きな覆いを開く。それから鞄のなかに重ねて収められている木の箱を一つひとつ畳の上に並べる。どの箱にもいろんな薬がぎっしりと詰まっていて、それを見ているだけでわくわくしてくる。母は奥から家の赤い薬箱を持ち出して、おじさんの前にあけた。

式台に腰かけたおじさんはうちの薬箱を点検する。

「ああ、浣腸の薬と、胃の薬と」などと言いながら、母に家族の体調を尋ねる。

母が必ず買うのは「熊の胆」だった。黒い小さな粒のものすごく苦い薬で、「お腹が痛い」と言うと、いつも飲まされた。熊の体から抜き取った薬だから苦いのだろうと思っていた。その証拠に薬の袋に熊の絵が描いてあった。「熊の胆」のほかにも、風邪薬や下痢止めなどを貰いたい、と母が言うと、おじさんは優雅な手つきでぎっしり並んだ薬のなかからその薬をすっすっと取り出し、それから、そこにできた隙間をまた優雅な手つきでほかの薬の箱を動かして埋めた。

母がお金を払うと、おじさんはまたきちんと木箱を重ねて元通りにし、それから一番上の木箱の四角い蓋を取って、そこから畳まれた紙風船を一つ取り出し、わたしにくれた。おじさんはなにもかもしまい終わると、また大きな一枚皮で鞄を包むように覆い、それから中腰になって、気合いを入れるようにして背中に負うと玄関を出ていった。

その男が来たのは夕方だった。大きい声で庭を褒めたり、母のそばにいるわたしを褒めたりした。薬屋さんは顔見知りなので玄関から土間に入って荷物をほどいたけれど、その男は初めて来た人だったからだろう、母は土間には入れず、男は外の式台で大きなトランクをあけた。

「何でもあるよ。遠くの店まで行くこたあないよ」などと言いながら、裁ち鋏や、ボタンや、チャックや、糸などを取り出して並べはじめる。わたしにはなにもかもが珍しくて、どれも欲しいなあと思いながら、母は何を買うのだろう、と見ていた。でも母はどれにも手を伸ばそうとしない。

「いま入り用なものはありませんので」と言う。

「見るだけでいいんだよ。だけど、ほかじゃ買えないよ。ゴム紐なんて、いざというときになかったら困るよね」

男はさらにいろんなものを広げようとする。男の背後にはもう薄闇が広がっていた。

母が、わたしじゃ決められませんから、主人に聞いてからでないと、というようなことを言ったとたん、男は低い声を出した。「ゴム紐一つ買うのに主人の許しがいるのかね。そのために、おれに出直せというのか」

男は凄《すご》みのある声で言って、母を睨みつけた。

母が立ちあがって奥に財布を取りに行くのにわたしもついていった。あの人、悪い人だと、わたしにもわかった。

母はゴム紐を高い値で買わされ、夜、そのことを父に話した。「押し売りだとわかっていたら、すぐに帰ってもらったんですけど」と、何度も悔いるように言っていた。

台風が来るとわかって、会社から早く帰ってきた父は玄関のガラス戸に板を打ちつけはじめた。ステテコに縮みのシャツを着て。すでに小雨が降りはじめていた。門の内側に立っている柳の大木がざーっ、ざーっと風に揺れる。ときおり生温かい風が強く吹きつける。

「なんで板をつけるん」とわたしは聞く。

「台風が来たら、こんな戸なんか破いてしまうけえね」

わたしは空を見る。暗い雲で覆われている。

「台風、怖いん」

「恐ろしいよ、台風は。前の台風のときにゃ、土間が水に浸かったんじゃから」

縁側の雨戸はすでに閉められている。玄関の前にいつもつながれているシロも、犬小屋と一緒に土間に入れられている。これからどんなことが起きるのか想像もつかないのに、いつもより早く帰ってきた父が動きまわるのが珍しく、家のなかでは母も動きまわって荷造りをしていたし、わくわくしながら台風を待った。

母と二人目のねえやさんのふさちゃんは台所でおにぎりをこしらえていた。水筒にお茶を詰め、板の間には母が荷造りした風呂敷包みや、バッグや、リュックが並べてある。

暗くなると風の音はいよいよ強まり、ときおり家がみしみしと揺れた。電気は点かなくなっていて、ランプを灯して、その下で丸く座っておにぎりを食べた。父も母も、ふさちゃんもいて、みんな一つ部屋に固まって、なんだか家族で遠足しているみたいでちっとも怖い気がしない。

父と母は「ルース台風のときには」とか、「キジア台風のときには」と、心配げな声で話している。「あのときには、あの錦帯橋《きんたいきょう》が流されたんですからねえ」と。

そのときのわたしは錦帯橋がどんなものか知らなかったけれど、それは流されてはいけないもので、それが流されたというからにはどれほど恐ろしいことが起きるのだろうと、火屋のなかでゆらゆら揺れるランプの炎を見ながら思う。きっと特別なことが起きようとしているのだ、と思おうとしても、それがどんなことなのか、やっぱり想像がつかない。

ほかの部屋はぜんぶまっ暗で、暗い家は大きく膨らんで、ごーっとぶつかってくる風に耐えながらしずかに呼吸しているみたいだった。

「いよいよとなったら逃げんにゃいけんかもしれんから、服のまま寝んさい」と母は言った。「すぐ逃げられるようにね。ええかね、起こしたらすぐ起きるんよ」と。

秋になったばかりだというのに、兄もわたしも厚着させられていた。兄もわたしも厚手の長ズボンを履き、毛糸のチョッキを着ていた。服のまま寝るというのも特別で、前からわたしは、いっぺん服のまま寝てみたいと思っていたのだ。これからどんなことが起きるのかはわからないが、とにかくいまは特別なのだ。

ランプを囲む大人たちの気配を気にしながら、襖をあけたままの隣の部屋で兄と並んで布団に横になった。逃げるんだから、寝ちゃいけん。そう自分に言い聞かせて、ずっと目をあけていようと思っていたのに、いつのまにか眠った。

朝、雨戸があいて、明るい光が入ってきた。台風は通り過ぎていた。父が前の日に打ち付けた玄関の板をばりばりとはがしている。どこもかしこも水びたしの庭一面に、木の葉や枝などが山のように積もっていた。空は青く晴れあがっていた。

ハワイの服

わたしとのんちゃんは同じ年に生まれた。のんちゃんは七月生まれで、わたしは八月。茶色っぽい髪の毛がくるくるして、ほっぺは丸く、目がくるっとしているのんちゃんはとっても愛らしい子どもだった。それだけでなく、いつもにこにこと機嫌のよい子だった。のんちゃんが怒ったり機嫌を損ねたりしたのを見たことがない。

のんちゃんの家とわたしの家は同じ敷地で隣り合っていた。軒先がくっつくほどの近さで、のんちゃんの家へは何歩かで行けた。わたしは毎日のんちゃんの家に行き、のんちゃんも毎日うちに来た。うちが町なかへ引っ越していく日まで、毎日のんちゃんと遊んだ。兄よりも、のんちゃんと一緒にいるほうが多かった。一緒に幼稚園に行き、帰ってからも一緒に遊ぶ。わたしは何をするにも、ああしろ、こうしろ、と人に指図したがる子どもだったのに、のんちゃんは嫌とも言わず付き合ってくれた。

母は「あんたが炬燵《こたつ》で寝ちょるのかと思って顔を見たら、のんちゃんが寝ちょったよ」と笑った。

のんちゃんには年の離れたお兄さんとお姉さんがいた。会ったことのないお兄さんは遠く京都で俳優をしているらしかった。俳優って映画スターのことだ、と、それは母から聞いたのだと思う。お兄さんのブロマイドも見せてもらった。お兄さんは髪を分け目をつけてきれいに撫でつけ、背広を着てほほ笑んでいた。なんだかきらきらしたものがのんちゃんの家には隠されている気がした。

お姉さんは高校生だったので、朝早く自転車で学校に行き、帰ってくるのは夕方だった。お父さんは高森町の牛乳店に勤めていたから、昼間、家にいるのはお母さんとのんちゃんだけだった。

のんちゃんのお母さんは和裁の仕事をしていたから、いつ行っても、縁側近くの明るいところにくけ台を据えて縫物をしていた。着物の上に白い割烹着を着たおばちゃんは長い糸を指でピンと、いい音を立ててはじいたり、反物を手で上手に繰りながら物差しで測ったりする。おばちゃんは、わたしとのんちゃんがその部屋でどんな遊びをしても、大声を出しても、「外に行きなさい」だの「静かにしなさい」だの言わない。黙ってうつむいて一心に針を動かしている。

ときどき町の呉服屋から、ポマードでつやつやした髪を七三に分けた男の人が自転車に乗ってやって来た。風呂敷に新しい反物をいくつか包んできて、縁側から座敷にあがると、ころころと反物を転がしておばちゃんに見せる。のんちゃんとわたしもそばに寄って薄桃色や水色や小花柄の美しい染め物を見た。

その部屋の隅には小さな棚があった。そこには木製ラジオと、二人の天使が文字盤を支えあげている鋳物の置時計が置かれていた。天使の背中には小さな羽が生えていて愛くるしい西洋の女の子の顔をしている。わたしはいつも天使を撫でまわした。こういう時計、うちにもあるといいなあ、とうらやましくてたまらなかった。

奥の茶の間の横に一段高くなった一畳ほどの小部屋があった。そこにあがると、秘密の部屋に入り込んだような気持ちになった。何か特別なことをしなくちゃと思って、ここはのんちゃんとわたしのおうちにしようね、と言ってみたりするのだけれど、壁に吊るしてある袋物や団扇《うちわ》や薬袋などを見ると、なんだかそういう気分にも浸りきれなくて、だからといってすぐにそこから出るのも嫌なのだった。

小部屋の大きい窓からは田んぼがすぐ目の前に広がっている。広い田んぼの周囲には、同い年で一緒に幼稚園に通っているよしのりくんの家があるし、少し離れたところに、やはり同い年の男の子、かっちゃんの家も見える。どっしりとした大きい藁《わら》屋根は一つ上のちはるちゃんの家。どの家もちゃんと、よしのりちゃんの家はよしのりちゃんの家の顔をしているし、かっちゃんの家はかっちゃんの家の顔をしている。ちはるちゃんの家もちはるちゃんの家の顔をしていた。わたしの家からは見えない青々と広がる田んぼや、遊び友だちの家々をいっぺんに見渡していると、大きく息をつきたくなって体のなかが広々とするようだった。

　おばちゃんが裁縫をしている部屋の押し入れには、ハワイに住んでいるという親戚から送られてきた洋服がたくさん詰まった大きい木箱が納められていた。のんちゃんとわたしは押し入れにもぐり込んでは、その箱から服を引っ張り出して着た。そんなことをしても、おばちゃんは「だめよ」と言わない。

　ふわっと広がったスカートがあった。ひらひらとフリルのついたブラウスがあり、長いドレスもある。張りのある白い布が何重にも重なって、まあるく広がるペチコートも。どの服もわたしたちには大きすぎたが、赤や黄色などが混じっているよその国の植物柄のシャツを手に取ると、どうしても着てみずにはいられない。自分の服の上からだぶだぶのスカートを履き、だぶだぶのシャツを着て、そうすると「見て」と、どうしてもおばちゃんに言わずにはいられない。「可愛いね」と言ってほしくて。

　おばちゃんは顔をあげて変な格好のわたしを見、笑いながら「いい、いい」と言ってくれる。「片づけなさい」なんて言わない。

　ハワイの服を着て踊りまわり、それから、もしかしたらそれもハワイから送られてきたのかもしれないが、部屋の隅に吊るされているハンモックにあがってゆらゆら揺られた。「おばちゃん、見て」「おばちゃん、見て」と、何かするたびにおばちゃんを呼んだ。あまりにしつこく言うので、おばちゃんは背中を丸くして縫物をしている手を休めずに、うん、うん、とうなずくだけのこともあった。

道を挟んだ隣に、前庭に大小の庭石やいろんな庭木が配されている立派な家があった。のんちゃんの親戚の山田さんの家で、そこには頭がきれいに禿げた柔和な顔のおじいさんと、腰の曲がっているきりきりしゃんとしたおばあさんがいた。のんちゃんが「山田のおねえちゃん」と呼ぶ、おじいさんとおばあさんの娘と、その娘のお婿さんで中学校の先生をしている「山田のおにいちゃん」もいた。それから赤ちゃんも、たしか、いた。

いつもは絣のもんぺ姿でおじいさんと一緒に野良仕事をしているおばあさんは、出かけるときには着物を着た。腰が曲がっているおばあさんは歩くと着物の裾が割れて、細い脛《すね》が見えた。

のんちゃんに誘われてその家の裏口から台所に入っていくと、うちでは嗅いだことのない、糠《ぬか》のような、何かむわっとする匂いがした。「ここちゃん、おあがり」と山田のおねえちゃんはわたしに言って、板間にあがらせてくれ、砂糖菓子などを食べさせてくれる。「ここちゃん」と、幼い頃、わたしは呼ばれていた。自分の名前が言いにくくて、たぶん自分でそう言いはじめたんだと思う。のんちゃんのお母さんやお父さん、近所の人、ねえやさんのふさちゃんからも、そう呼ばれた。だが、この村を離れて町なかへ引っ越したあとでは、もうだれもわたしをそう呼ばなかったし、もちろん自分でも呼ばなかった。ただ、山田のおねえちゃんだけは大人になってからもたまに会うと、わたしをここちゃんと呼んだ。何十年も後になってわたしが五十を過ぎた頃、母が入っていた老人施設で久しぶりに、入所者となったばかりの山田のおねえちゃんに会うと、すでに老人となっていた山田のおねえちゃんは、わたしに「まあ、ここちゃん。久しぶり」と声をかけてくれた。あれが人生で、ここちゃんと呼ばれた最後だった。

山田さんの家の、北向きの広い台所の窓から見えている裏山の蔭に、さっちゃんの家はあった。

さっちゃんも同い年だった。だのに、あんまり遊ばなかった。さっちゃんがひどく内気な子だったからかもしれない。のんちゃんやよしのりちゃんと畑の周りを走り回って遊んでいて、ふと目を向けると、遠くからさっちゃんがわたしたちを見ていることがあった。さっちゃんは幼稚園には行っていなくて、痩せて、いつも心細そうな笑みを浮かべていた。めったに遊ばなかったのに、どういうことからか一度だけ、さっちゃんの家に行った。おいで、と誘われて行ったのか、のんちゃんと「行ってみよう」と言い合って、わたしたちのほうから遊びに行ったのだったか。

さっちゃんの家は屋根がところどころ崩れかけている古い藁《わら》ぶきだった。戸口の前には七輪や金盥などが放り出したように置かれていた。いまそこに置かれたのではなく、ずっとそこに出しっぱなしになっているように見えた。板戸をあけて暗い家のなかに足を踏み入れると、濡れたような黒っぽくて狭い土間があって、土間はそのまま右手の暗い台所らしいところにつづいている。

「あがり」と言われて家にあがった。

そこは板間で、薄い茣蓙《ござ》が敷いてあって、あちこちにいろんなものが投げ出されたように転がっている。二つか三つくらいの弟がいて、奥の部屋にはお母さんと赤ちゃんもいるらしかった。ときどき赤ちゃんの声がしたけれど、お母さんは姿を見せなかった。たまに外で見かけるさっちゃんのお母さんは、わたしの母や、のんちゃんのお母さんよりずっと若くてきれいで、色が白く、さっちゃんと同じように痩せていた。病気なのかな、とわたしは勝手に思っていた。さっちゃんのお父さんは見たことがなかった。

だれもいないと思っていた台所から黒っぽい着物を着たおばあさんがいきなり現れて、わたしたちをじろっと見た。おばあさんは何も言わず、土間を通ってお母さんと赤ちゃんがいるらしい部屋のほうへ行った。

どういうわけか怯える気持ちがわいてきて、来ちゃいけなかったんじゃないかという気持ちも募ってきて、何かして遊ぼうと思うのに、どうやっても寛《くつろ》ぐことができない。さっちゃんは頼りなげな笑みを浮かべるばかりだし、弟はいろんなものをわたしたちに見せようとしていたけれど、どんなものも面白がれなくて、わたしとのんちゃんはじき、さっちゃんの家を出た。

あの日、逃げるように帰ったことをそのあとずっと疚《やま》しく思った。さっちゃんの家の様子にぎょっとしたことをいけないことだと思った。なのにそのあともわたしは、遊んでいるわたしたちを遠くから見ているさっちゃんに気づかないふりをすることがあった。おいで、と誘っても、輪に入ろうとしないさっちゃんを苛立たしく思うこともあった。

オーバーコート

　ぺちゃくちゃ喋っている言葉は、すべて一音ずつ字というもので表されることを知ったとき、変な気がした。畳の上に「あいうえお」の文字が印刷された紙を広げて、わたしが指差す一文字一文字を、ふさちゃんが「それは、あ」「それは、い」と教えてくれる。あまりにもたくさんくねくねした文字が並んでいるし、どれも似ている気がして、こういうのをぜんぶ覚えなきゃならないなんて、とてもできないと思った。

　それでも指差された「い」をなんとか読んで、つぎに差された「え」を迷いながら読んで、それから「いえ」とつづけて読んだ。

「いえって、この家のこと？」

　それってどういうことなのか。奇妙な感じがする。こういう字が何もかもにくっついているのか。窮屈な気もするし、まじないのような気もする。あらゆるものが字に置き換えられるなんて。ふしぎな気がしたし、恐ろしいことのような気もした。

　平仮名が書けるようになるまでにはそれからまだかなり時間がかかったが、絵本に書かれている文字をなんとかして自分で読んでみたかった。絵本はいつもふさちゃんが読んでくれていたから。

　ふさちゃんは遠い町からやってきたねえやさんだった。わたしが生まれたときにうちにいたのは、きくちゃんという若いねえやさんだった。でも二、三年後には辞めてしまって、そのあとに来たのがふさちゃんだった。たぶん二十二、三だったのではないかと思う。ふさちゃんもやっぱり二年足らずで辞めて、最後に来たのはもう少し年上で、元気のいいすずちゃん。町なかの家に引っ越すまで、すずちゃんはいた。

　みんな二、三年で辞めてしまうことを子どものわたしは特におかしいこととも思わなかった。そういうもんかと思っていた。きくちゃんはお嫁に行くんよ、と聞かされた気もする。でも、もしかしたら、といまでは思う。母との折り合いが悪かったのかもしれない。母は意地悪なことをしたり言ったりする人ではなかったけれど、何かにつけて、人のすることに「ああして、こうして」と先回りして言う人で、ほかの者がすることにいちいち口出しせずにはいられない質だった。

　わたしは大きく生まれた赤ん坊だったらしい。そのせいで母の産後の肥立ちが悪く、それでねえやさんに来てもらうことになったんだという話を聞いた気がする。「ほんとにあんたは重とうて大変じゃった」と、子どものわたしに母は何度も言った。「わたしは若い頃に肺に影があると言われて、無理をしちゃいけません、とお医者さんに言われちょったのに、お産がほんとに堪えた」と。

八月に生まれたわたしを見に山口市から伯母が来たとき、わたしは頭を真綿で包まれて寝かされ、掛け布団も掛けられていたという。伯母は仰天して、「こんなことをして、あんたは、この子を蒸し殺す気かね」と母を叱ったという。その話も伯母から何度も聞かされた。

母は極度、といえるほどの心配性だった。幼いときはもちろん、小学生になってからもずっと厚着をさせられていた。冬には七、八枚服を重ね着させられ、長靴下に毛糸のパンツをはかされていた。そのせいかわたしは虚弱体質となって、しょっちゅう風邪を引いては熱を出した。

重たい子どもだったからか、わたしは母におんぶされたり、抱っこされたりした記憶があまりない。わたしのそばにいるのは、いつもきくちゃんやふさちゃんだった。ふさちゃんは静かな人で、片方の目がわずかに白く濁っていた。いつもわたしのそばにいてくれ、わたしに絵本を読んでくれたのは家のなかではふさちゃんだけだ。字を読む練習に辛抱強く付き合ってくれたのも、字を書く練習をみてくれたのもふさちゃんだった。

ふさちゃんが大きい声を出したり、大声で笑ったりするのを聞いたことがない。何をするにも、どことなく遠慮がちだった。わたしは、そんなふさちゃんがもっともっとうちに馴染んでくれたらいいのに、と思っていた。だが、おっとり無口なふさちゃんを母は気に入らなかったのか、それともほかに事情があったのか、ある日、幼稚園から帰ってみると、ふさちゃんは自分の家に帰ってしまっていた。

父がわたしに、裾がフレアーになっている水色のオーバーコートを広島のデパートで買ってきてくれた。三つか四つのとき。

「着てごらん」と言われて、わたしはボタンを留め、くるくると回った。裾がふわっと広がる。丸い襟もとってもかわいい。だのに母は「いまちょうどの大きさだと、来年にはもう着られやしません」と渋い顔をした。

「いい、いい。これがいい」

わたしが言っても、母は首を振る。

翌日、母はそのコートを持ってわざわざ広島のデパートまでバスや汽車や電車を乗り継いで出かけていった。たぶん片道三時間はかかっただろう。そして交換してもらって持ち帰ったのは、緑色で、グレーの襟が太いタイになっているだぶだぶのコートだった。袖を縫いあげたコートは丈は長いままで、ざらざらした生地の襟が顎をこすった。「モノはええんじゃから」と母は言ったけれど、わたしはそのだぶだぶのコートが嫌でたまらなかった。ちっとも似合っていない、とわかっていた。そして母の言ったとおり、そのコートはその後何年も着ることになったけれど、着れば顎が襟にこすれて痛くなるコートをわたしは憎みつづけた。

何かにつけ、ああしちゃいけない、こうしちゃいけない、と言う母よりも、わたしは父が好きだった。

朝、目が覚めて、まだ寝ている父の布団にもぐり込むと、父は「よし、五、七、五だ」と言う。

「わからん」とわたしは言う。

「ふゆのあさ、だ。つぎを言うてごらん」

俳句を作ってみろ、と父は言うのだ。父は若いときから川柳をやっていて、ときどき遠くで開かれる川柳の会に出かけていくこともあった。あるとき、父がラジオに出演して川柳について話すことになった。母は「主人がラジオに出ますから」と、のんちゃんのお母さんや、もしかすると山田のおねえちゃんにも声をかけ、その時間になるとふさちゃんも呼んで、みんなでラジオの前に座った。けれど、いざ始まってみると電波の調子が良くないらしく、いくらつまみを回しても聞こえるのはがーがー、ざーざー、雑音ばかり。父のものともわからない声が途切れ途切れに遠くから聞こえてくるだけだった。

うちに来たお客さんから「おじょうちゃんは、お父さんによう似ちょってですなあ」と言われることがあった。よくあった。それは広いおでこのことだったのかもしれないが、父は嬉しそうに笑い、わたしは褒められたような気がする。父は「この子が男だったらよかったんですがねえ」と笑う。そうだったのか、男だったほうがよかったのか。わたしは女である自分を残念に思い、男になりたいなあと思った。

父はそのとき五十を過ぎていて、すっかり白髪となっていた。わたしは父から叱られたことがなく、むしろ甘やかされていたので、父が家にいるときはいつもくっついていた。

二つか三つのとき、縁側で近所のおばさんと話していた母に呼ばれたので出ていくと、母は笑いながら「いいお顔をしてごらん」とわたしに言う。わたしははりきって思いきり口を突き出してみせた。前にも何度か「いいお顔してごらん」と言われて、そのたびに口を突き出していたから、それが「いいお顔」というものだと信じ込んでいたのだ。すると、おばさんは「まあ」と言って、「ええお顔じゃねえ」と言いながら笑い転げたのだ。母も一緒になって大笑いしている。

とたんに、わたしは泣きだした。よそのおばさんに笑われたことが恥ずかしかったのと、それ以上に母が一緒になってわたしを笑っているので、裏切られた気がしたのだ。笑いながら二人はわたしをなだめようとしたけれど、わたしは屈辱にまみれていた。

「あらら、おかしいねえ。こんなことぐらいで泣くもんじゃないじゃろ」と、おばさんの手前、半分叱るように母は言い、その言葉にさらに腹をたてて、わたしは泣きつづけた。

そのとき障子が開いて、父が出てきた。

「何がおかしいんだ。つまらんことで子どもを笑うんじゃない」と二人を叱りつけた。

二人は笑いを引っ込め、おばさんはそそくさと帰っていき、母は何か言い繕っていた。お父ちゃんはわたしの味方だ、と、そのとき確信したのだった。

父が朝鮮から引揚げてから始めた小さい木材会社の社員のほとんどは、父と同じ中国や朝鮮から引揚げた人たちだった。父の扱う材木は坑木と呼ばれ、炭鉱の坑道などに使われるもので、やがて炭鉱は徐々に閉鎖されていくのだけれど、その頃はまだ需要もあったのだろう。会社の横に広い貯木場があって、皮がついたままの太い材木が山の形に積まれていた。いくつかあった丸太の山の一つにとりついて登ろうとして、会社の人にひどく叱られたことがある。崩れたら下敷きになって死んでしまう、と。

お正月には家にたくさんのお客さんが来た。会社の人もみんな来たはずだし、父は町会議員もしていたので、役場や町議会の人たちもたぶん来ていた。髪の毛がもしゃもしゃしている町長さんも。お客さんは全員男だった。

あいだの襖をはずして間つづきとした二間に、黒いお膳がずらりと並べられ、座布団が並べられる。三々五々やって来るお客さんたちの挨拶が終わって宴会が始まると、母は台所と座敷を行ったり来たりしてお酒や料理を運び、それからお酌もしてまわる。わたしは父の膝のなかに収まり、お膳のものを食べたり、苦いビールをちょっと舐めたりした。

お客さんたちは大声で喋り、笑い、そのうちきまって歌をうたいはじめる。「わたしのラバさん、南方じゃ美人」とうたい、予科練の歌をうたい、上機嫌の父は十八番の炭坑節をうたう。赤い顔のお客さんたちは父の歌に合わせて両手を揉むようにして叩いた。

騒がしい宴会はわたしが布団に入ったあともつづいていた。わんわんと話し声や笑い声が聞こえ、きっと朝になるまでずうっとつづいているんだろう、と思いながら眠った。

大晦日に、父が必ずするのは神棚をきれいにすることだった。母とふさちゃんは朝からずっと動きまわって料理を作っている。その横の板の間で、吊り棚からうやうやしい手つきで下ろした神棚の小さな扉を父はあける。そこに収められているものがきっと神様だと、神様を見たくて、わたしはのぞき込む。だが、父が取り出したものは小さな白木の人形のようなものだった。サルが裃《かみしも》を着て座っているようにしか見えない。

「神様なん」と聞くと、「そう」と、きっぱりと父は答える。それから、おろしたての白い布でそっと神様の埃を払い、神棚全体を丁寧にぬぐった。きれいになった神棚を持って椅子にあがり、再びうやうやしく吊り棚の上に戻したあと、その両隣の白い筒に新しい榊《さかき》を活けた。父は毎朝、顔を洗うと必ず、まず神棚の前に座って柏手を打ち、深々とお辞儀をした。

母がふさちゃんと忙しく煮物を作ったり、巻寿司をこしらえたりしているところへは近づかない。近づけば「ほらほら、向こうに行っちょきんさい」と言われるとわかっているから。だからもっぱら父について歩く。

竈《かまど》や風呂の焚口や井戸に小さな重ね餅を飾り終えると、父は床の間の前に座り、白い紙を敷いた三方に鏡餅やウラジロや橙などを慎重に重ねた。床の間にはすでに正月には必ず掛けられる日の出の掛け軸が掛けられている。いよいよお正月がやって来るんだ、とわかった。それはなにか清らかなものであるらしい、と思った。

犬たち

白い犬のシロは、わたしが生まれる前からうちにいたのだと思う。気がついたときには玄関横の連子窓《れんじまど》の下につながれていた。わたしが幼稚園から帰ると、尻尾を振って飛びついてくる。シロが立ちあがるとわたしより背が高くて、抱きとめられなくてよろけると、よろけるわたしの顔をシロは温かい舌で舐める。

シロは犬小屋の前に大きい穴を掘る癖があって、放されているあいだにどこかから草履《ぞうり》やつっかけを咥《くわ》えて持ち帰り、その穴に埋めた。冷ご飯に魚の骨や煮汁などをぶっかけたものをやると、がつがつと一息に食べる。

「犬が食べてるときには、ぜったいに手を出しちゃいけん」と言われていたので、わたしは少し離れたところにしゃがんで、シロが息もつかずに餌を食べるのを見ていた。あっという間に食べ終えたシロが顔をあげたときには、金物の餌皿はぴかぴかになっていた。

そのシロに、かっちゃんが手を噛まれた。かっちゃんはシロが餌を食べているときにシロに触ろうとしたらしい。わたしがいないあいだのことだった。

「あれほどかっちゃんに、手を出しちゃいけんよって言うたのに。言うことをきかんもんねえ」

母は悔しそうに言って、かっちゃんの家に謝りに行った。かっちゃんは親指と人差し指のあいだを噛まれて、血がいっぱい出たらしい。そのあと、かっちゃんが手を包帯でぐるぐる巻きにしているのを見ても、わたしはちっとも可哀そうとは思わず、かっちゃんが悪いからだ、と思っていた。

かっちゃんは幼稚園には行っていなくて、いつも風のようにそこらを走りまわって、いたずらをしては大人に叱られた。かっちゃんには二つか三つ上のお姉さんのたきちゃんがいて、たきちゃんは風どころか、嵐のようだった。

のんちゃんと遊んでいると、どこからかたきちゃんが現れて、「おいで」とわたしたちを呼ぶ。そのひと声で、わたしものんちゃんもまったくの無抵抗となって、黙ってたきちゃんに従った。そしてたきちゃんに命じられるまま、畑に生えそろったばかりのニンジンをぜんぶ抜いた。木に登れと言われれば登り、魚を獲れと言われれば、田んぼの横の溝にじゃぶじゃぶ入って小魚を追った。でも、蛙のお尻にたきちゃんが麦藁《わら》を突っ込んで、「吹きんさい」と言ったときには、さすがに怖気づいて「できん」と泣きそうになった。すると、たきちゃんはためらわずに吹いた。わたしとのんちゃんは走って家に逃げ帰った。またたきちゃんに呼ばれたらどうしようとびくびくしていると、たきちゃんは蛙のことなど忘れたような顔をしてわたしたちの前に現れ、「おいで」と呼んだ。

シロが犬捕りに捕まった。いつもそうしていたように、夕方になって放していたからだ。

「鑑札のない犬は連れて帰るしかないんだよ」

庭に立った男が、ふふん、というような声で母に言う。シロのことだ、とすぐわかった。

「今年の鑑札はまだですけど、すぐにもらいに行きますから」

表の式台の手前に座った母は言う。

「いまさらそんなことを言うてもね、鑑札のない犬は野犬と変わらんのだよ」

シロをどうしようというんだろう。割烹着を着た母の後ろに立ったわたしは母の背中をどんどん叩いた。なんとかしてほしくて。

「すぐ鑑札をもらいに行くと言うとるでしょう」

言い合いはつづき、それから男は「まあ、考えんこともないが」と言ったあと、何か言った。

母が、そんなことは主人に相談せんにゃ、わたしじゃ決められませんので、というようなことを言うと、男は「話にならんの」と、見下すように言って帰っていった。

わたしは母に、男の言うことをいますぐ聞いてほしかった。なんでも言うとおりにして、シロを取り返してほしかった。わたしは母の割烹着の結び目を引っ張りながら泣いた。

夕方帰ってきた父に、母が犬捕りにお金を要求されたという話をすると、父はすぐにお酒を持って男の家に出かけていった。わたしは起きて父が帰ってくるのを待っていたが、父はシロを連れて帰りはしなかった。もう保健所に連れていったと言われた、と父は話した。わたしはシロを守らなかった母をいつまでも恨んだ。

放されたことで命を落としたのはシロだけではない。

タロは、町なかの家に引っ越して、しばらくしてから飼いはじめた。茶色の雑種で、子犬のときにはふわふわ可愛かったのに大きくなるにつれて足が短くて胴体が長く、頭がやけに大きい姿となって、うちに来る人はみな、不格好なタロを見て笑った。でもタロは気立てがよくて、だれにでも尻尾を振り、元気に庭を駆けまわった。魚肉ソーセージが好きだった。

タロはそのうち、表の格子戸の破れ目から脱走するようになった。初めのうちは探し歩いていたけれど、そのうち、朝になるとちゃんと犬小屋に帰っているので探さなくなった。犬というものは散歩に連れていってやらなくてはならない、ということが母の頭にはなかったのか、その頃はどこのうちでもそうしていたのか、それとも、犬を散歩させるのは子どもの仕事で、それをさせるには娘は幼過ぎると考えていたからか、散歩に連れていってやり、と母から言われたことはなかった。

一年ほどたった朝、タロは犬小屋で死んでいた。体はすでに冷たく硬くなっていて、口から少し泡を吐いていた。

びっくりして泣いていると、母は「どこかで猫イラズでも食べたんじゃろうか」と言った。「毒まんじゅうでも食べたんじゃろうか。悪いことをする人がおるねえ」とも。

畑の隅にタロを埋めた。

学校から帰ると、先田のおばさんが母と炬燵《こたつ》にあたっていた。向かいの電気工事店の先田のおばさんは小柄でよく笑う人で、買い物帰りにはいつもうちに寄って、母とひとしきりおしゃべりをしてから家に帰るのだ。

わたしを見ると、おばさんは意味ありげな笑みを浮かべて母に妙な目配せをする。母も含み笑いをして、「さあてねえ」と言う。

「なに」

「いいものがあるんよ、成子ちゃん」

先田のおばさんはふふっと笑って「そこに」と、炬燵のだれも座っていないところを指差した。布団がかすかに膨らんでいる。

炬燵布団をめくると、小さい犬が丸まっていた。うわあっと、わたしは子犬を抱きあげた。タロが死んでから半年ほどたっていたと思う。タロと同じ茶色の犬で、違うのは鼻先が赤い。わたしは名前を考えに考えたあげく、またタロと名づけた。

四年生になっていたわたしは毎日、夕方になるとタロを散歩に連れていった。よく吠える犬だったからか、体に不釣り合いなほど太い鎖が付けてある。重い鎖を引きずるようにしてタロはそれでも元気に歩いた。だが、わたしには犬を散歩させる、ということがよくわかっていなかった。一日繋がれていた犬はおしっこやうんこを我慢しているのだから、それをさせるために連れ出してやるんだ、ぐらいにしか考えていなかった。鎖をじゃらじゃらいわせながら家の近くを歩いていて、友だちが遊んでいるのを見たりすると、そこらの木にタロを繋いで友だちと遊びほうけて、タロを忘れた。犬を可愛がるということがぜんぜんわかっていないのだった。それはわたしが子どもだったからなのか、子どもだった上に身勝手でもあったからなのか。

三年ほどしてタロは病気になった。いま考えるとフィラリアだったのだと思う。外に繋いでいたし、その頃は狂犬病の予防接種はあったけれど、フィラリアの予防接種はとくに奨励されておらず、きっと蚊に刺されたのだ。玄関に敷いたタオルの上に横たわったタロは苦しみを耐えつづけた。体に水が溜まり、弱い息を吐いた。遠い村に獣医はいるらしかったが、牛や馬を診る獣医で、往診までして犬や猫を診てくれる医師はわたしの町にはいなかった。

子どものときに飼っていた犬たちのことを思い出すと、ほんとうに悪いことをした、という後悔の気持ちがいまでもせりあがってくる。ほんとうに悪かった。

クロは黒い毛長の犬だった。いつも犬小屋の上で寝ていた。夕方になって、母が「成子ちゃん」とわたしを呼ぶ声の調子で、そのあとに「クロを散歩に」とつづくことを察知して、犬小屋の屋根にあがったり下りたりして鎖の音を立て、「早く、早く」と催促する。中学生になっていたわたしはさすがに散歩の途中で遊んだりせず、決めたコースを毎日散歩させ、長い毛にブラシをあてた。

小さいときから、母に「もし地震が起きたら」という話を嫌というほど聞かされていた。関東大震災の教訓を下敷きにして。「火事が一番怖いから、とにかくガスの火を消すのだけは忘れちゃいけん」と母は言った。「あんたは、忘れず犬の鎖をほどいてやるんよ」と、わたしに念を押す。

そして地震があった。昼前で、家は大きく揺れ、家にいた母とわたしは裸足で家を飛び出して裏の畑に逃げた。揺れはすぐに収まって、やれやれ、と家に戻ってみると、クロは鎖につながれたまま尻尾を振っていたし、台所の鍋がのっているガス台は火がついたままだった。六畳間の柱時計が斜めにねじれていた。

中学校ではバレーボール部に入っていたわたしは、練習でときどき帰りが遅くなることがあって、そんなときはクロの散歩に行けなかった。母も兄も、犬の散歩は成子の仕事と決め込んでいたのか、わたしの代わりにクロを散歩に連れ出すことはなく、そんな夜は、仕方なしにクロを放した。外に放すのはタロのこともあって危ないとわかっていたのに、そうした。

そしてクロは足に大けがをして戻ったのだ。

「車にはねられたんだ」と兄も母も言った。毎日、傷口に赤チンを塗り、包帯を取り替えて、ひと月ほどでけがは治ったけれど後遺症が残った。ときどき痙攣《けいれん》を起こすようになったのだ。きまって夜で、外でカチャカチャと鎖の音がし始めると、クロの元に飛んでいった。横たわって足を震わせるクロの体を撫でることしか、わたしにはできなかった。

数か月そんな状態がつづいたあと、クロは次第に弱っていった。

年末だったと思う。母は山口市の伯母の家に行っていて、家にはわたしと兄だけだった。山口市の中学校に親戚の家から通っていた兄は、父が死んだあと、二年生の二学期に家に戻ってきた。久しぶりに一緒に暮らす兄は、わたしの知らないものをたくさん身につけているように見えた。兄がいない間に家ではわたしがでかい顔をするようになっていたからか、兄は扱いにくい者を見る目で、あるいはいささか遠慮がちにわたしを見ているようだった。ときどき、わたしの生意気さに辟易《へきえき》してか、「おまえは変わっちょる」などと言うこともあった。

寒くなっていたので、だいぶ前からクロは物置に入れ、古い衣類の上に寝かせていた。

夜、鳴き声が聞こえた気がしてクロのそばに行くと、痙攣を起こしながらクロは小さい声で「くーん、くーん」と鳴いていた。

もう意識はなかった。体を撫でているうちに涙が止まらなくなった。もう死んでしまうのだとわかった。なにもかも謝らなくてはいけないことだらけだと思うと、胸が張り裂けそうだった。苦しくてたまらなくなり、泣きながら物置を飛び出して、走って庭から外へ行こうとすると、兄が家から出てきて「どこに行くんだ」と叫んだ。「犬が死んでもしょうがないじゃないか。犬なんか畜生じゃないか」と言った。

わたしは泣きながら「ばか」と叫んだ。「なんてことを言うんだ。お兄ちゃんなんか、ぜったい許さんからな」

兄を軽蔑する気持ちでいっぱいだった。わたしは自分を許せなかった。兄も許せなかった。許さん、許さん、と思いつづけた。

犬たちは孤独に死んでいった。かわいがるふりだけする人間に裏切られて。許して、とはとても言えない。シロを見捨てた母と、クロを畜生呼ばわりした兄を憎みつづけたわたし自身は、犬に一体何をしてやったというのだろう。

そのあと、高校生になったときに、友だちの家のそばに捨てられていた子犬を拾って帰り、母の猛反対を押し切って飼いはじめたのがサブだった。

サブはけして放さなかった。毎日どんなことがあっても、暗くなってからでも、散歩に連れていった。サブはのんびりした性格で、人にめったに吠えず、めずらしく吠えているなと外に出てみると、サブの真上の軒に青大将が寝そべっていたことがある。

日曜日にはサブを連れて町筋を抜け、住宅地を抜け、畑のなかの小道を走って、遠く川土手まで行った。近所の子がよく「サブを見せて」と来た。サブはいつも機嫌のいい顔をしていた。

サブは長生きをした。兄とわたしが家を離れたあと、母が一人暮らしとなってからも、母と生きた。それまで犬を散歩に連れていったことのなかった母が、サブを散歩に連れていくようになっていた。「サブを散歩に連れていくと毎日歩くことにもなって、歩くのは健康にええらしいからね」と言っていた。

百合の花

わたしは父が五十のときの子どもで、父からすれば孫のようなものだったかもしれず、それで父はわたしを甘やかしたのかもしれない。何かにつけて、あれをしちゃだめ、これをしちゃいけん、と言う母より、その母にいろんなことを言いつける父の側にいようとしたのは普通のことだったのだろうか。

夜、腹這いになって新聞を読んでいる父のところに行って並んで寝転び、「おはなしして」と言う。

「はなしたら、逃げる」

父は新聞を畳み、仰向けになる。

「逃げんよ。たのむから」

「田を呑んだらお百姓が困るぞ」

「困らん、困らん」

そうだなあ、と父は腕枕をしてくれ、何度も聞いている乃木大将のはなしを始めるのだった。
乃木少年が雪の朝、学校だか寺子屋だかに行こうと草履《ぞうり》で家を出ようとすると、母親が「雪の日に裸足では足が冷たい。足袋を履いて行きなさい」と言ったという。乃木少年が母の言うことを素直に聞いて足袋を履いていると、父親が出てきて「男のくせに、なんだ。裸足で行け」と命じた。すると乃木少年はうなずいて、片方の足に足袋を、もう片方の足は裸足で出かけていった、というおはなし。

ふーん、と考える。そうすることがいいことのようにも、たいしていいことでもないような気もする。

「もっと」とわたしは言う。

するとまた乃木大将のはなし。乃木希典《まれすけ》は下関に暮らしたこともあるそうで、だからか、父は乃木大将をたいそう尊敬しているようだった。

乃木少年は肝試しに誘われて、ある夜、年上の少年たちと墓場に行った。そして年上の少年から、最初におまえが墓場の奥にある何某の墓まで行って、そこに何があるか見て来い、と命じられた。わかりました、と怯むことなく乃木少年は一人で真っ暗な墓地の奥にあるその墓まで行く。すると、そこには生首があった。けれども乃木少年は怯えることなく刀を抜くと生首に刺し、その刀を肩に担いで持ち帰って年長者を驚かせた、というおはなし。

ふーん、とわたしは聞きながら暗い廊下のほうを見る。それがどんなものかよくわからない生首というものもなんだか怖いが、墓場が怖い。

足の裏にウオノメができたとき、わたしを近くの病院に連れて行ったのも父だった。たしか一年生のとき。父の会社は家から歩いて行ける距離だったので、昼休みにちょっと会社を抜けて家に帰り、わたしを病院に連れて行ったのだろう。

黒い革張りの冷たい診察台にうつ伏せに寝かされると、父はわたしを抑え込んで、「我慢せえよ」と言った。医者はメスでウオノメを切り取った。叫び声はあげたかもしれない。麻酔などされなかったから。でも、泣きはしなかった。子どものときのわたしは、自分は強い子どもだと信じ込もうとしていた。

三歳上の兄は夜、便所に一人で行くのが怖くて、わたしについてきてくれと頼むことがあった。するとわたしは便所のそばまでついて行き、廊下で兄が出てくるのを待っている。それを繰り返しているうちに悪知恵をはたらかせるようになって、「何くれる」と兄に言うようになった。鉛筆や、消しゴムや、下敷きをせしめ、それがよほど悔しかったのか、そのうち兄はついてきてくれと頼まなくなった。

ウオノメを取ったあと、包帯でぐるぐる巻きにされた足を引きずって家に帰る途中、父は「えらかったなあ」と何度も褒めた。褒められると、わたしは自分がものすごく強い子どもになった気がして、まるで何か大きいことを成し遂げたような気にさえなった。

父は冬になるとカーキ色の厚手のシャツを着た。ボタンをはめながら、「さすが進駐軍のシャツは丈夫であったかいなあ。何年着ちょっても、ぜんぜん傷まん」と言う。その頃の国産の衣類はいい加減な作りのものが多かったのだろう。それから二、三十年もたってから、年配のアメリカ人女性から「戦後すぐの日本製の服は粗悪品で、アメリカでは嫌われていたの。日本製のブラウスを買ったら、ボタンが糊づけされてたりしたんだから」と言われたことがある。

わたしには進駐軍というものが何かわからず、よほどいいものに違いないと思っていた。そこがどこかわからないまま、母に連れられて岩国基地に行ったのは四歳か五歳のときだった。その頃は米軍基地とは呼ばずに「航空隊」と呼んでいた。その呼称は七〇年代頃までつづき、交通標識にも「航空隊入り口」と書いてあった。航空隊というのがアメリカ軍の基地であると知ったのは十五、六になってからだ。

そこがどこであるかも知らずに母に連れて行かれた広々としたそこは、とにかくすごい賑わいだった。たぶん村の婦人会で行ったのだと思うが、でも、ほかにどんな人たちが一緒だったのか、まるで覚えていない。兄も一緒だったはずだが、それも覚えていない。とにかく祭のときと同じで、人混みのなかで母の手だけを握っていた。

そして気がつくと飛行機のタラップに立っていた。いま思えば、それは米軍の戦闘機だった。つぎの瞬間、上から大きい手が伸びてきてわたしを抱きあげ、座席に座らせてくれた。その人からは日本人の男からはけしてしないいい匂いがした。両方の白い腕に金色の毛が生えていた。アメリカ兵がわたしを抱きあげて戦闘機に乗せてくれたのだ。

いまも岩国基地では年一度、「基地開放日」があって、全国から十四、五万人もの人たちがピクニック気分でやって来る。たぶん、そのはしりだった。

その十年ほど前までは戦争をしていて、敵国と憎み、その国からすぐ近くの広島に原爆まで落とされて、鬼だと叫んだはずなのに、あっという間にあっさりそのことを忘れて、お祭り気分でその国の軍事基地を見物に行く。そういう、国民なのだ、わたしたちは。

父がゲートルを巻くのを見るのが好きだった。たぶん戦時中から使っていたものだ。足首から寸分の隙もないようにズボンの上に巻いていく。そしてふくらはぎの上あたりでぎゅっと折り込む。両方の足にゲートルを巻き終えるとハンチング帽をかぶり、地下足袋を履いて出かけていく。兄だけを連れて。会社の人たちと松茸狩りに行く日だ。わたしはたぶん女だから、連れていってもらえない。それとも幼すぎたからだろうか。

そして夕方になると、松茸でいっぱいになった竹の籠を持って帰ってくる。それを七輪で焼いて、醤油をつけて食べる。父は「うまい、うまい」と喜んで食べるが、わたしにはとくにおいしいとも思えない。父は松茸も好きだったが数の子も好きで、その頃は安かった数の子を丼一杯食べた。蕗《ふき》の薹《とう》が好きで、筍《たけのこ》が好きで、ご飯に焼いたお餅をのせて塩を振り、その上からお茶をかけて白菜の漬物で食べるのも好きだった。

肩や腰が痛むのか、ときどき腹這いに寝て母に背中にお灸を据えてもらっていた。父の背中には茶色いお灸の跡が二列並んでいた。

わたしが父のことで覚えているのは、そんなことばかりだ。

夜、「警察に行ってくる」と、玄関で靴を履いている父の背中を覚えている。母は「大丈夫なんでしょうね」と何度も言い、「大丈夫。すぐ帰る」と父は答え、中折帽をかぶって出ていった。だが、わたしが寝るまでに、父は帰って来なかった。

父はその日、町議会議員選挙での選挙違反を疑われて警察に呼ばれたのだと、あとになって知った。町の有力者を接待したのか、何か付け届けをしたのか、それは知らない。でも有罪にはならなかったのだと思う。そのあとも議員をつづけていた。

岸信介に傘を差しかけて一緒に歩いている写真が残っている。若いときに朝鮮に渡り、どのようにしてか広い農地を手に入れて、その地で二十年も過ごし、朝鮮総督府の前で威張って記念写真に収まっている。四十三、四歳で引揚げて坑木を扱う会社を興し、町議会議員になり、そして五十八歳で死んだ。わたしには優しかった父がどんな考えを持っていたのか、何を大事に思って生きていたのか、確かめようもない。

父がくも膜下出血で死んだのは、わたしが八歳のときだった。

五月の初めに山口市に出張で行き、取引先の人と食事をしている最中に激しい頭痛に襲われて、席を中座したという。山口市に住む母の姉夫婦の家で休ませてもらい、近所の医者の往診を受けたものの、数日たっても頭痛が収まらなくて日赤病院で診てもらったところ、ただちに入院となったらしい。それからひと月のあいだ、母が付き添っての絶対安静がつづいた。その頃はまだ開頭手術が行われていなかったらしい。そしてようやく、起きて食事をしてもいいという許可が下り、それまで窓という窓を覆っていた黒いカーテンをあけて、父はベッドに起きあがって夕食を摂《と》った。

「気持ちがいいなあ」と言ったという。そしてその晩、再び激しい頭痛に襲われたのだ。

朝方四時頃、家に電話がかかってきた。母が父の付き添いのために山口市に行ったあと、一人残ったわたしを世話してくれたのは父の姉だった。

受話器を置いた伯母は両手で顔を覆い、それから溜息をつきながらわたしの朝食を用意してくれた。危篤、との知らせだった。

病院に着くと、父は、もう死んでいた。母や伯母たちが激しく泣くのを病室の隅で見ていた。わたしも少しは泣いた気がするけれど、取り乱す大人たちの姿を前にして泣きそびれていた。

山口市で火葬することになった。解剖のあと頭を包帯でぐるぐる巻きにされた父が納まっている棺桶が、火葬場の煉瓦の壁に空いた穴にするすると送り込まれていく。

鋼鉄の扉ががちゃんと閉められると、おんぼうさんがわたしたち家族に「お一人ずつ薪《まき》を」と言った。棺桶が納められた扉の下に、もう一つ鉄の扉が開かれていて、そこに母が薪を入れ、兄も入れ、わたしも入れた。入れながら「この薪でお父ちゃんを燃やすのか」と思った。これで最期かと思ったとたんに、ぐるぐるとなんともいえない苦しい気持ちがお腹の底で渦巻きはじめて泣きそうになった。でも泣かなかった。

お葬式は玖珂のお寺でした。たくさんの花輪が並び、本堂にも、境内にも、いっぱいの人が来てくださった。そのときもわたしは泣かなかった。そのときの本堂の写真が残っているが、わたしは怒ったような顔をしている。

そのあと、家の床の間に白い布を掛けた祭壇が作られた。額に入った父の写真と、白い布に包まれた父の骨が入った箱。その前には白い百合の花がいっぱい飾られていた。その部屋は線香の匂いと、むせるほどの百合の花の匂いに満ちていた。ときどき家にだれもいないときに一人で祭壇の前に座って、白髪の父がかすかに微笑んでいる写真を見た。お父ちゃんは死んでしまったんだ。何度も胸のなかで言った。

お悔やみを言いに、お客さんが毎日ように見えた。そのたびに、母は泣きながら話をする。それを襖ごしにこちらの部屋でわたしは聞いている。山口に出張で行きまして、と母は話し始める。町医者の見立てが悪くて、それから絶対安静となって、その後、持ち直して回復の兆しが見えたんです。やっと医師から、起きあがって食事をする許可が出たその晩、また血管が切れたんです。

何度も同じ話を繰り返しているので、いつのまにか母は話すのが上手になっている。

わたしはだんだん百合の花の匂いが嫌でたまらなくなった。いまでも、あまり好きじゃない。

綿

小学校にあがる前に引っ越した小学校そばの家はかなり広い敷地に建っていた。前庭と細長い中の庭があって、裏には畑もあった。家の前半分は二階建ての事務所になっていて、平屋の後ろ半分がわたしたちの住居だった。すぐ近くに大家であるお医者さんの住居を兼ねた医院があったが、黒い板塀に囲まれていて、道路に沿って延びている高い塀のなかがどんなふうなのか、まったくわからなかった。

大家さんの許可を得てだと思うが、父は引っ越す前に、住居部分に玄関を新しくこしらえ、中の庭と、その奥につづく外の炊事場や風呂場との境を開き戸を造って遮り、土間だった台所には床を張った。

部屋数は前の家の半分もなかったけれど、わたしはこじんまりした家の台所の床が真新しくてつるつるしているのと、新しい畳の匂いがうっとりするほど気に入った。

台所にはガスコンロもあった。調味料などを並べる調理台がつづき、蛇口のついた流しもある。その横には角に合わせて、ま新しい竹で作られた三角形の棚が二段。そして流しの反対側には、わざわざ作ってもらった引出しや開きのある調理台が据えられている。その上に、ごはん用のジャーというものがのっていた。もう、おひつはいらん、と父は言った。台所の上り口の隅には電気洗濯機もあった。

これこれ、とわたしは思った。くどとか、釜とか、水瓶などはない。便利、と母は言い、わたしはいっぺんに生活が新しくなったように思った。これからはきっといい生活になるんだ、と。

でも、洗濯機は実際に使ってみると少ししか衣類は入らず、絞るときには二つのローラーの間に衣類をできるだけ薄くして差し込みながら、手で把手をぐるぐる回して絞らなくてはならなかった。その上、手で絞ったときほど水気が取れない。シーツなどは相変わらず手で洗うほかなかった。

外の炊事場には焚口が一つだけのくどがあった。母屋と離れとの間に渡された屋根の下に、くどとコンクリートの流しが並んでいた。くどには羽釜がのっていて、ときどき母に言いつけられてご飯を炊いた。

ご飯を炊いてるときには、ぜったいにくどの前から離れちゃいけん、と言われていたので、ご飯が炊けるまで、くどの前で立ったり、座ったり、薪の燃え具合をのぞいたりしている。三年生ぐらいのときで、東芝の電気炊飯器を月賦で買ったのは四年生になってからだったと思う。

米の水加減を測るときには、手のひらを水のなかの米の表面にぺたりと付けて、水がくるぶしまで来るようにしんさい、とたしか教えられた気がする。でもいま思えば、そのときのわたしの手は小さい子どもの手である。あの測り方は大人の手を基準にして、ではなかったのか。

ぶくぶく蓋の下から泡が出てくると火を引く。さつま芋やじゃが芋を蒸したこともあった。燃え残った炭は、忘れずに黒い消し壺に入れる。そうしてできた消し炭は、こんど魚を焼くときに使うのだ。

週に二、三度、朝九時頃に魚屋さんがリヤカーを引いて来た。白いタオルを頭に巻いたおじさんが庭まで入ってきて、「さかなー、いらんかー」と声をかけてくれる。

母について出ていくと、道に魚屋さんのリヤカーが停まっている。リヤカーの周りには、鍋などを持った近所のおばさんが集まっていて、鰯や鯖、蛸や海鼠《なまこ》など、瀬戸内海の魚のほかに鯨肉などが並んでいる木箱を頭を寄せてのぞき込んでいる。魚屋さんは朝早く、瀬戸内海に面した町の市場で魚を仕入れ、ディーゼルに乗ってこの盆地の町まで売りに来るのだ。

「これ、測ってみて」と言われると、おじさんは魚を棒ばかりの皿に載せてから、片手で棒の途中にある輪っかを摑み、もう片方の手でおもりを微妙に動かしてバランスを取ってから、「百匁《もんめ》、六十円」などと言う。

子どものときは鯨肉が好きだった。学校の給食にも出た鯨の竜田揚げを、こんなおいしいものがあるだろうかと思いながら食べた。塊になった肉というものを食べたことがなかったからだ、たぶん。大人になってからはとくにおいしいと思わなくなったし、いまは鯨は食べたくない。

わたしは母に言われたとおりに、小鰯の腹を開き、秋刀魚や鰺を七輪で焼いた。「大きゅうなったら困るから、覚えんさい」と母は言うのだ。母は、家事をするのは女だ、という考え以外持たない人だった。そして「そんなことをしちょったら、お姑《しゅうとめ》さんに笑われる」と言う。

わたしは、そのお姑さんという人はどんな人なんだ、と考える。よほど厳しい、怖い人に違いない。しかし、と大人になって気づいた。母自身は姑という人に会ったことはないはずだ。母が父と結婚したときには父の両親はすでに死んでいたし、母の両親だって死んでいた。あれは架空の、耳から入った物語としての舅《しゅうと》姑が頭のなかに生きていたのだろう。漬物を洗っていると、「あるお嫁さんがね、お姑さんに言われて、お客さんに漬物を切って出したら糠《ぬか》がついていて、あとで、恥をかかされた、とお姑さんにひどく叱られちゃったんと」と、頭のなかの姑におびえて母は話しはじめる。口やかましい、見えない姑は、何か手伝いをさせられているときにときどき現れた。

あの頃は田舎の家はどこもそうだったが、うちにも小さい畑があって、家で食べる野菜を作っていた。わたしは畑仕事を手伝うのは嫌じゃなかった。草抜きをし、鍬で土を耕し、種芋を植え、キュウリやトマトや豆のオロ（支柱のことをそう呼んでいた）を立てた。キヌサヤを採っておいでと言われると、ザルいっぱい豆を採り、台所で筋を取った。

父が死んでからは、手伝わされることが増えていた。わたしが嫌だったのは手伝いそのものより、何をしても母が「あーあ、そうじゃない」と口出しすることだった。何かする前から「言うとくよ。畳は目に沿って掃きんさいよ」「よう注意せんと、漬物樽の石を足に落とすよ」「洗濯機に入れる前に、袖口と襟を洗うのを忘れんこと」と言う。同じことを何度も言う。洗濯物を取り入れようかな、と思うと、「ほらほら、早うせんと洗濯物が湿る」と言い、茶碗を洗っていると「洗剤をよう流しんさい」と先回りして言う。わたしのほうを見ないで言う。そのたびにげんなりしてしまうのだ。何度同じことを言えば気がすむのか。どうして、ぜんぶ先まわりして指図するのか。

母にとっては、わたしが何をしても足りないのだった。「こんなええ加減なやり方じゃだめじゃろう。あとでまたわたしがやり直すことになる」と言う。「わかっちょるよ」とわたしは言う。すると「なんで素直に『はい』と言えんのかねえ」と母は返すのだ。わたしが何をしても、何を言っても、「そうじゃなくて」と言った。「同じことを何度も注意されるような女はつまらん。言われたら、いっぺんで覚えんさい」

ああいうのは、と思う。ほんとうに躾《しつけ》だったのか。

夫を亡くしたとき、母は四十七だった。あの頃は、五十といえば老年に差しかかる年齢と思われていた。息子は十二、娘は八つで、それまでよそで働いたことがなかった母は、これからどうして生きていけばよいかと、きっと不安でもあったのだろう。


父が生きているときには、周りの人から「奥さん」「奥さん」と呼ばれていたが、あれはちやほやされていたのだろうか。おだてられていたのか、ただのお愛想だったのかわからないが、そう呼ばれる母は自分でも、よその、そこらへんの主婦とはちょっと違うと思っていたのだろうか。どことなく「奥さん」ぽく振舞っていた気がする。父はべつにいい家柄の出でもなく、どんな地位も名声も権力も持っていたわけではない。父は何もかも失った引揚げ者であり、たかだか小さな木材会社の社長で、小さい町の町会議員に過ぎなかった。

家の前の商工会の事務所に机を一つ置かせてもらって、母は木材協会の事務の仕事に就いた。たぶん、生前の父の知り合いのどなたかが紹介してくださったのだろう。普段も着物で過ごしていた母は着物を着て、住居とはガラス戸一枚で遮られた事務所の事務机に座っていた。ささやかな事務仕事で、上司がいるわけでもなかったから気楽だったと思うが、それまで事務仕事などしたことのなかった母にとって、初めはわからないことだらけだっただろう。

学校から帰ると、ガラス戸の、目隠しのために貼られた紙の隙間から事務所をのぞいた。そしてお客がいないのを確かめてから、ガラス戸をあけて母の机のそばに行く。

事務所にいるのは、机の上がいつもきちんと整っている博識で優しい渡部さんというおじいさんと、てきぱきと仕事をし、大声で電話で話す片方の足が不自由な藤波さんと、渡部さんの娘さんの、よく笑う河野さんというおばさん、それに母だった。事務所での母はよそゆきの母になっていて優しかった。河野さんや渡部さんが学校のことを尋ねてくれるのも嬉しかった。それに河野さんは、みんなでおやつに食べたお菓子の残りを取っておいて、わたしにくれた。母はにこにこしていた。

わたしのなかには、にこにこしているのがほんとの母だと思いたい気持ちがあった。河野さんたちも、ほかの近所の人たちも「成子ちゃんのお母さんは優しい、いいお母さんじゃねえ」と言う。そのたびに、たぶん、とわたしは思った。

母は怒りを爆発させたり、怒鳴ったり、わたしを小突いたりすることはなかった。元々の性格は穏やかなほうだったのだろう。毎晩のように、わたしに肩揉みを頼み、わたしが三十分ぐらい肩を揉むと、「ああ、子どもがおるのはありがたいねえ。楽になったよ」と安らいだ声で言うのだった。わたしはだんだんツボというものを覚えて、肩揉みが上手くなってもいた。

優しい母に逆らうわたしは悪い、いけない子かもしれないという怯えがずっとあった。わたしは母を苦しめる悪い娘だ、という罪悪感は大人になったあともずっとついてまわった。

実際、母はわたしや兄のことを心配しつづけていた。日暮れになると、「寒くなるから、ちゃんちゃんこを着んさい」と言い、風邪をひくからと、冬には七、八枚重ね着させられた。お茶を飲もうとすると「熱いよ」、道を並んで歩けば「ほら、穴がある」と先に言う。体にいいからと肝油を飲まされ、アリナミンを飲まされた。母の前で何かすると、例によってすべて先まわりしてあらゆる失敗を防ごうとした。それは母がいい母親になろうとしていたからか、そういう不安症ともいえる性分だったのか。

だけど子どもにしてみれば、そういうのはぜんぶ、綿で体をぐるぐる巻きにされるような息苦しさだった。息が詰まった。

そういう日々のなかで次第に、何か手伝いをしたあと母から「あーあ、そんなことをしたんかね」などと言われると、「ふうん。じゃあ、もうやらん」とわたしは言うようになった。

すると母は「やれやれ。あんたは素直じゃないねえ。天邪鬼じゃゃ」と嘆く。嘆かれるとますますいらいらして、口ごたえばかりする。

その頃から本を読むようになった気がする。窮屈で逃げ場のない家から、たぶんどこかへ逃げたかったのだろう。隣の家にテレビを見に行ったり、貸本屋で漫画を借りて読んだりもした。がんばって女手一つで子どもを育てている母を苦しめる子どもである自分、というものから逃げたかったのかもしれない。

母は、わたしが言うことをきかない、と嘆きながら、「いまにわたしが死んだら、親のありがたみがようわかるよ」と言った。

わたしはその言葉が何より嫌いだった。それは脅しだった。「あんたもいつか、自分の子どもができたら、そんときゃ初めて親の気持ちってもんがわかるよ」とも言った。

そして時は流れて、わたしは子どもを持った。親になってみてわかったのは、親なんて未熟な人間に過ぎない、ということだった。

千枚通し

幼いときは、母が好きだ、と思っていた。母の愛を疑わなかった。幼い子どもというのは、たぶんどんな子どももそう思っている。母を求めている。生存がかかっているし、そう思う以外の感情はないのかもしれない。

だけど少し大きくなると、父のほうが好きになった。父が会社から帰ってくると、ずっと父にくっついていた。父はわたしを叱らなかったし、わたしを褒めた。つまらないことでも褒めた。魚を食べるのが上手い、と言った。その年で字が書けるなんて頭がええ、と褒めた。父に連れられて、二人で汽車に乗って伯父さんの家に行ったことがある。途中、駅のプラットホームにアイスクリーム売りを見つけると窓をあけ、アイスクリームを買ってくれた。一度だけでなく、アイスクリーム売りがいる駅に着くたびに買ってくれる。あれはきっと、小さい娘と二人で汽車の旅をしているとき、娘をどう扱えばいいかわからなかったからだろう。

家では、わたしが何かしようとすると、母がいつものようにそばから「だめだめ、そんなことしちゃ」と言い、すると父は「いい、いい。成子のやりたいようにさせろ。成子はちゃんとわかっちょる」と母を諌める。すると、「ほら」と、わたしは勝った気持ちで母を見返した。なんて嫌な子どもだろう。お父ちゃんは間違ってない。そう信じていた。そういう憎らしい、こましゃくれた娘を、母は母で、どうしても好きになれなかったのかもしれない。

八歳のときにその父が死んでしまうと、とたんにわたしは後ろ盾を失って、もろに母の干渉を受けることになった。兄は家を離れて遠く山口市の中学に通っていたので、残った母とわたしはまともに向き合うことになった。

小さいときから母の言うことを聞かないわたしより、母は兄を大事にし、可愛がっていた気がする。子どものくせに、そのことをうすうす知っていた。

兄は口数は少なく穏やかな性格で、母の言うことをよく聞いた。母に厚着をさせられても文句も言わずに着ていたし、薪割りなどを頼まれると、「わかった」と、すぐに薪を割る。母は兄に用事を頼むときは、わたしに用事を言いつけるときよりずっと優しい声で遠慮がちに言った。

母がわたしと遊んでくれたことがあったかどうか、思い出そうとしてもなかなか思い出せないのだが、兄の遊び相手にはなっていた。中学生の兄が父の遺した麻雀牌の箱を出してきて麻雀を覚えたいと言いだすと、母は喜んで兄と一緒に麻雀を覚えようとした。二人じゃできないから、と、わたしにも覚えさせようとした。大人になって、兄から「子どものとき、おふくろとよく相撲を取ったよ」と聞いたときには驚いた。そんなこと、わたしは一度もしたことがない。

母と二人暮らしになってから、じき、わたしは母が「奥さん」なんかじゃないことに気づいた。どうして気づいたんだろう。あるとき「あれっ」と思ったのだ。うちのお母ちゃん、よそのおばさんと少しも違わない、と。よそのおばさんと同じようなことしか言わないし、同じようなことしかしない。なあんだ、と思った。母はよそのおばさんとは違うと、どうして信じ込んでいたんだろう。損した気持ちになり、裏切られた気がした。普通のおばさんで何がいけない、といまでは思うが、あれは「特別だ」と信じ込まされていたことが嘘だと気づいたときの落胆だったのかもしれない。わたしはそのように生意気な子どもだった。

わたしは母に叱られても、けして泣かなかった。泣くのは悔しくてたまらなくなったときだった。

ある日曜日の朝、ちゃぶ台に学校で習いはじめた木琴を置いて、練習をはじめた。

「シャボン玉　とんだ　やねまで　とんだ　やねまで　とんで　こわれて　きえた　かぜかぜ　ふくな　シャボン玉とばそ」の、「かぜかぜ　ふくな」のところがどうしても上手く叩けなかった。何度やってもそこでひっかかる。また初めからやり直し、そしてやっぱりそこで間違える。そういうのは負けん気というのかどうか、だんだん自分に腹がたってきた。こんどこそ、と思って叩くのに、やっぱりそこでつまずく。わたしは泣きながら「シャボン玉」を叩くのがやめられなかった。

それを見ていた母が「泣くんなら、もうやめんさい」と言った。「泣きながらやることじゃないじゃろう」

その言葉に猛然と反発心が起きたのは、わたしが癇《かん》の強い子どもだったからだろうか。母に腹をたて、自分に腹をたてながら、涙で濡れた木琴を叩きつづけた。

そういうことだけでなく、わたしは口の立つ子どもでもあった。そして言いだしたことは引っ込めない。どこまでも自分は間違っていないと言い張る、可愛げのまったくない子どもでもあった。

母はわたしのすることにいちいち口出しするし、わたしはわたしで「そんなん、真実じゃないよ」などと聞きかじった言葉で言い返し、揚げ足取りもする。「前にお母ちゃんの言うたことと、いま言いよることは違うちょるよ」とか。

そういうとき、わたしは自分の背後に、どんなときにもわたしの味方をしてくれた父がいると思っていた。お父ちゃんが生きていれば、と思った。ぜったいわたしのほうが正しいと言ってくれるに決まっている、と。じつに腹だたしい子どもである。大人もまあそうだが、子どもって、自分の愚かさに気づけないのだ。

母との二人暮らしは争いの日々となった。

たぶん母は悪くなかったのだ。そしてわたしも悪くなかった。でも腹をたて合っていた。夕方、母が前掛けをつけて台所に立つと、すぐに「成子ちゃん」とわたしを呼ぶ。低い、抑えつけるような声で。その声を聞くと、手伝いを始める前から首に輪をつけられたような気持ちになって、ろくに返事もできない。一度呼ばれたくらいでは聞こえなかったふりができるけれど、二度三度と呼ばれると、「なに」と言わざるを得ない。

母は溜息まじりに用事をつぎつぎ言いつける。箒で部屋を掃《は》いてから廊下を拭いて、それがすんだら練炭を熾《おこ》し、七輪で魚を焼いて、樽から漬物を出して洗って……。

わたしは黙ってやる。しぶしぶやり始めるのに、わたしはどっちかというと掃除が好きなので、ついついきれいに部屋を掃き、廊下を隅々まで拭いてしまう。魚を焼くのが上手いとおだてられていたから、気をつけて焦がさないように焼く。そういう手伝いがのちのち役に立ったのかどうか。箒の代わりに電気掃除機、七輪の代わりにガスレンジとなってしまったいまではよくわからない。

母が命じ、わたしが嫌々家事を手伝っていた、というのが現実なのに、母はよその人と話をするときには、いつもの「ほほほ」という口調となって、「やっぱり娘がいると助かります。毎日よう手伝うてくれるんですよ」と自慢していた。

それほど料理が得意じゃなかったはずなのに、母はそれでも毎日、夕方になると買い物に行き、いろんなおかずを作った。具の入ったオムレツが得意で、「フライパンの卵をフライ返しなんか使わんと、くるっと返せる人はそんなにはおらんよ」と自慢しながら、フライパンをとんと叩いて卵をくるっと回転させてみせた。祭の日にはちらし寿司を作り、お彼岸にはおはぎを作った。ライスカレーを作り、ポテトサラダを作った。

そしてごはんができると、わたしと母はいわさきちひろのカレンダーが壁に貼ってある茶の間で夕飯を食べた。わたしは毎日、いわさきちひろの、つぶらな目をした女の子の絵を見つめながら朝ごはんを食べ、晩ごはんを食べていた。わたしはきまって塩昆布をごはんにのせた。

母はいい母でいようとしていたのだろう。あるいは、自分はいい母だと信じていたのかもしれない。わたしをいい子に育てなくては、と思ってもいたのだろう。その母にわたしは逆らいつづけた。わたしにしてみれば、母のわたしへの苛立ちの種がどうしようもなく混じっている「いい母親ぶり」が、もう嫌だった。

母は九十四歳まで生きたが、最後まで、顔を合わせれば、初めのうちこそお互いを思いやる言葉を掛けあっていても、いつのまにか「だめ」だの、「やれやれ」だの、溜息だのが出てきて、お互い気持ちがささくれだった。母は死ぬ数年前から老人施設に入っていたのだが、あるとき帰り際に、ふと母のまがっている手を取ってマッサージをした。右の手のあと、左の手も。

母は気持ちよさそうにしていた。それまで、足の爪を切ったり、歯みがきをしたり、あちこちに花などを見に連れ出したり、いろんなこまごました頼みごともぜんぶ聞いていたが、手のマッサージをしたのは初めてだった。

「ありがとう」と母は言った。

「来週は息子の運動会だから、来られないからね」とわたしは言って、その日別れた。

そして息子の運動会の翌日、母は死んだ。マッサージした母の手の感触を覚えている。

あれが、もしかすると和解だったのだろうか。


母と二人で暮らしていたとき、夜中に死にかけたことがある。練炭炬燵《こたつ》で。

あの頃は、どこの家でも炭の代わりに練炭というものを使うようになっていた。練炭火鉢が人気で、一度点けてしまえば火鉢のまんなかにすぽんと収まって一日中燃えている。炬燵も炭から練炭に変わった。まずガス台で練炭に火を点けてから練炭七輪に入れ、外でしばらく放置する。この時間を十分に取らないと練炭から有毒なガスが出て一酸化炭素中毒となる。あの頃、練炭による一酸化炭素中毒でしょっちゅう人が死んでいた。

うちでは毎日、夕方に練炭を熾した。火を点けるのも、外に放置するのも、それを取り込んで掘炬燵に入れるのも、たいていわたしがやった。

わたしと母は同じ部屋で、掘炬燵を挟む恰好に布団を敷いて寝ていた。足だけ炬燵に突っ込めるようにして。

その日、夜中にものすごい頭痛で目が覚めた。胸もむかむかして吐きそうで、母を呼んだ。母は何か声をあげながら、よろよろと立ちあがり、障子をあけ、廊下のガラス戸をあけ放った。あけながら、叫ぶように、わたしに茶の間の窓をぜんぶあけるように言った。一酸化炭素中毒になりかけていたのだ。

「練炭をよう燃やさんかったじゃろう。もうちょっとで死ぬとこじゃった」と母はわたしを叱った。

「よう燃やしたはずじゃけど」と、わたしはいつものように、頭痛でくらくらするのに言い逃れた。ごめん、わたしが悪かった、と死にかけても素直に謝らないのがわたしだった。そういうのは元々のわたしの性格なのか、母に対してはどうしてもそうなってしまうのか、自分ではわからなかった。自分が嫌いなのか、母が嫌いなのかもわからなかった。

小学生の頃、朝、どうしても起きられなかった。子どものくせに夜、いつまでも眠くならない質で、いつも一人で遅くまで起きていて、布団のなかで本を読んだりしているので、当然、朝、起きられない。

急いで朝ごはんを食べているると、半分しかできていない宿題の算数のプリントを母が見つけ、「どうして昨日のうちにせんかったんかね」と小言を言いはじめた。それは鶴亀算の問題で、わたしは鶴亀算がぜんぜんわからないのだ。

返事をしないでごはんを食べていると、母はしだいにいらいらしはじめ、これまでのわたしの生活態度のあれがいけない、これがいけないと言いだす。

「知らん」とわたしは言う。

「こういう鶴亀算、わたしは子どものときにゃ得意じゃったんよ。ちょっと考えればすぐわかるじゃろ。どうしてこれがわからんの。教えてあげるから、ぜんぶやってから学校に行きんさい」

「やらん」

「ほんとに、あんたはもう。なんでそんな子どもになってしもうたんじゃろう。困ったもんじゃねえ。よその人に笑われるよ。どうしても素直になれんのじゃねえ。やれやれ」

母は嘆くように言う。母は何かというと、言うことをきかないわたしを嘆いた。わたしは嘆かれつづける子どもだった。

母の小言と嘆きをそばで聞いているうちに、首の付け根がぎりぎりと痛くなった。千枚通しのようなものを突き立てられたような痛みだ。

いたたた。首を縮め、手でそこを押さえる。ときどきそうなった。母にねちねちと小言を言われ、嘆かれつづけていると、黒い気持ちがどんどん広がってきて、だからといって謝りもせず、泣きもせず、ただ首の付け根がものすごく痛くなるのだった。後頭部が痛くなることもあった。そのときは首の付け根が痛むときとは違って、頭痛は二、三日治まらない。頭が痛い、としょっちゅう言うので医者に連れていかれ、診てもらうと、頭の神経痛でしょう、と言われた。

痛い、痛い、と首を押さえているうちに、突然、胸がむかむかと気持ち悪くなってきて、いま食べたばかりの朝ごはんを算数のプリントの上にぜんぶ吐いてしまった。

どうしよう、と考える間もなく、裏の小学校から始業のチャイムが聞こえてきた。わたしは学校に行く気をまったく失っていたけれど、このまま家にいるよりずっとましだと思って学校に行った。

汚れたプリントは持っていけなかった。吐きました、とは言えず、「失くしました」と、わたしは先生に嘘をついた。

戦争の夢

小学生のとき、友だちに「遊びにおいでよ」と誘われると、わたしは喜んで遊びにいった。友だちと遊べるのももちろん嬉しかったが、よその家のなかを見るのが好きだった。よその家はどの家もうちとはまるで違っている。初めて見る家の間取りや、窓や、家具などもめずらしくて、じろじろ見てしまう。

古木さんと友だちになったのは、五年生で同じクラスになってからだった。眉がきりっとしていて目は大きくて、色白の古木さんは勉強もよくできた。たしか学級委員だったと思う。仲良くなった古木さんが「うちで一緒に宿題しようよ」と誘ってくれた。

古木さんの家は小学校の校門からまっすぐ延びている道の先にある。わたしはよその家の内部だけでなく、たたずまいを見るのも好きなので、古木さんの家までの道をだらだら歩きながら、道沿いの家々を見る。見るというより観察する。深い軒の下のガラス戸が四枚ともきれいに磨きあげられているのは同級生の山名さんの家だ。通り過ぎながら、家のなかはどんな感じなんだろう、入って見たいなあ、と思う。山名さん、遊びにおいでよって誘ってくれないかなあ。家の前を通るたび思っていたのに、その機会はついにやってこなかった。

　木工所は岩田くんの家で、あけ放たれた戸口から、灰色の作業服を着た岩田くんのお父さんが手拭いで鉢巻をして、木くずだらけの作業場で働いているのが見える。その手前の「スタンド○○」という看板を掲げて、金や銀のモールをドアに飾り付けている店は夜、男の人が訪れて、酒を飲むところだと知っていた。

　米屋の土間にはトタンの大きなフードのついた精米機が据えられていたし、奥に材木置き場が見えている製材所の事務所ではいつも、揃いの紺色の事務服を着た女の人が向かい合って事務仕事をしていた。

　古木さんの家は道路に面して一面、赤いベンガラ塗りの格子がはまっていた。玄関を入ると土間で、その土間は途中格子戸で遮られているものの、裏口までつづいている。土間には自転車が一台か二台停めてあることもあったが、ほかには何もなくて、格子戸は磨きたてられていたし、土間も拭きあげたようにつるつるしている。

　玄関を入ってすぐの部屋にあがって宿題をした。そこは客間だったのだろう。やはり隅々まで片づいていて、わたしと古木さんは立派な座卓で向かい合い、客用らしい座布団を敷いて宿題をした。

「大きい声は出さないでね」と言われていたので、できるだけ小さい声でお喋りした。何度目かに行ったとき、隣の部屋に古木さんのお母さんが寝ていることを知った。ずっと病気で寝ているの、と古木さんは小さい声で言った。

そのお母さんに一度だけ会った。「こっちに来て、お顔を見せて」と言われて。たぶんお母さんは、わたしがいつものように馬鹿げたお喋りをするのを隣の部屋で聞いていて、いったいどんな子がそんな話をするのか顔を見てみたい、と思ったのかもしれない。

薄暗い部屋に入っていくと、浴衣を着たお母さんは布団の上に起きあがってほほ笑んでいた。古木さんと同じように色の白い、優しそうなお母さんだった。けれどそのあと、一年もたたないうちに古木さんのお母さんは亡くなった。

核戦争が起きるかもしれんよ、と表の部屋で宿題をしながら話したのは、たしか六年生のとき。古木さんのきれいな字が並ぶノートを、どうしたらそんなふうに美しくノートを使うことができるのかと横目で見ながら、結構深刻な気持ちで話した。キューバ危機という言葉は当然知らなかったが、その頃、わたしは戦争に怯える子どもになっていた。核戦争が起きたら世界は破滅する、と、どこでどういう知識を得たのかは忘れたが、思っていた。

太平洋戦争に関心を持っていた兄から、ミッドウェー海戦のはなしや、戦艦大和のはなしや、神風特攻隊のはなしなどを聞かされていたからか、「戦争」という言葉を聞くのさえ怖かった。

気がつけば戦場にいて、銃で撃ち殺されそうになる夢をたびたび見るようになっていた。逃げ場のない草地で、それも背の低い草がぼそぼそ生えているだけの上からは丸見えの場所で、高い所にいる敵の兵士に銃で狙い撃ちにされたり。小屋に隠れていると、低空で飛来してきた戦闘機から機銃掃射されたり。いつも絶体絶命なのだった。目が覚めても暗闇のなかでなかなか現実に戻れなくて、いまに戦争が起きるんじゃないか、という恐怖でいっぱいになった。

四十過ぎて、臨床心理学者の方と子どもの頃のことについて話をする機会があった。わたしは母との関係について細々話し、戦争の夢を繰り返し見ていた、という話もした。戦争体験もないのになぜでしょうか、と。

するとその方は、「もしかすると、お母さんから受けていた抑圧があなたを圧し潰しかけていたのかもしれませんね」と言われた。驚きつつ、ああ、そうかもしれない、と妙に納得した。そのときにはもう、わたしは戦争の夢は見なくなっていた。三十を過ぎた頃、あるとき、おまえのため、おまえのため、と言っていた母の言葉は違うんじゃないか、と突然気づいた。あれは、母が自分を慰め、自分を安心させるための言葉だったんじゃないか、と。わたしは母に対する罪悪感など持たなくていいんだ、と。それまでずっと、母を苦しめているのはわたしだ、悪いのはわたしだ、という罪悪感にさいなまれていた。そのことがわかったとたん、体から重いものが抜けて、体を縛っていたものがするするほどけていく気がした。それ以降、戦場で殺される夢を見なくなっていたのだ。

古木さんが出してくれたおやつを食べながら、戦争で死ぬのは絶対嫌だ、とわたしは言った。古木さんは「そうだねえ」と、ノートをきれいな字で埋めながら優しくうんうんうなずいた。

古木さんは健康優良児にも選ばれた。あの頃は、全国の小学校で六年生になると男子一人、女子一人、健康優良児が選ばれていた。虫歯もなく、どんな病気もなく、適度な身長、適度な体重、成績も良く、運動神経もよく、しかも性格も良くて人から慕われている、そういう模範的な子ども。古木さんは表彰された。

健康優良児表彰は戦前からあったらしい。わたしは、古木さんはやっぱり手本になるような立派な子どもなんだな、と感心して、わたしとはぜんぜん違うもんなあ、と思っていたが、いま思えば馬鹿げたはなしである。子どもに優劣をつけ、国家が求める子ども像に合致した子どもを選びだして表彰するなんて。それが戦後もずっと後までつづいていたのだ。この国は、子どもを一体、何と思っているのか。

古木さんちには腰が少しまがったお祖母さんがいた。お母さんが亡くなったあと、奥の部屋にも行かせてもらうようになってわかったことだが、お祖母さんはいつもくるくる立ち働いて家事をしていた。髪をひっつめにしてお団子にまとめ、着物に割烹着を着てあちこち掃除をしたり、台所仕事をしたり、動きまわっている。わたしにも優しくて、「これ、おあがんなさい」とお饅頭など出してくれる。古木さんのお姉さんも、お兄さんも、きれいな顔立ちで、やっぱり優しかった。いいな、いいな、とわたしは古木さんを羨ましく思って、古木さんにそう言うと、「成子ちゃんのお母さんこそ、すごく優しいじゃない」と言われた。

そうなのだ、母はよその人からは言うことなしの優しい母親にしか見えないのだ。違うよ、と言いたいと思っても、どう違うのかをうまく説明できない。「いちいちうるさいの」と言ったところで、「そんなの、どこの家も一緒よ」と返されるに決まっている。つくづく、家のなかのことは他人には伝えようのないことなんだと思って、何も言えない。

冬のある日、古木さんの裏庭の池に薄氷が張っているのを見つけ、二人で氷を剝がしはじめた。うちに池はなかったし、温暖な瀬戸内では池一面の氷というのが珍しくて、少しずつ割っては剝がすのがやめられなくなった。でも手はものすごく冷たい。冷たい手をセーターをめくってお腹にじかに当てて温める。それを繰り返して、池の氷をぜんぶ取り出したときにはお腹は冷えきっていた。そしてその晩、お腹が痛くなって下痢も始まり、つぎの日、学校を休むこととなった。

古木さんも休んだのかどうかは覚えていない。何か悪いものでも食べたのかと不審がる母には、あの面白かった池の氷を割っては出す遊びのことは言わなかった。透明な氷は、地面の上に重なっている氷の上をすうっと流れた。池の外に幾層にも重なった氷はとてもきれいだった。

四年生の時だったと思う。舘くんという男の子がクラスに転校してきて、わたしの前の席になった。舘くんは神経質な感じの人で、何でも一目置いてもらいたがるようなところもあり、ほかの男子から笑われたりするとたちどころにかっとなって、摑みかかっていく。そういうのを見ていると、生意気だ、とわたしは思ってしまう。わたしも負けず生意気だったのだが。

どんなことから口論になったのか、わたしは舘くんがいかに間違っていて、わたしの考えがいかに正しいかを言い募った。「女のくせに、だまれ」と舘くんは言い、わたしは「女をバカにするな。わたしに命令しても無駄だ」と言い返す。

舘くんの顔つきが変わったと思ったとたん、舘くんはぱっとわたしの机の上に立った。それは一瞬の出来事だった。机の上に立った舘くんはわたしを見下ろし、履いていたぶ厚いサンダルの上履きごとわたしの顔を蹴った。

周りの子が「うわっ」と声をあげた。すぐに女の子たちがわたしの周りに集まってきた。

「成子ちゃん、大丈夫」

両手で顔を押さえているわたしを覗き込む。

わたしは頬が燃えるように熱く痛かったが、泣きはしなかった。ただ、あまりに屈辱的で、ものすごく腹をたてていた。

「見せて」と、だれかが頬を押さえるわたしの手を剝がしかけて、「ああっ」と声をあげた。「口から血が出ちょる」

たしかに口のなかが温かい液でいっぱいになってきていた。わたしは顔をあげて机から下りた舘くんを睨みつけ、それから口から血を流しながら「帰る」と教室を出て、そのまま家に帰った。

母に連れられて病院に行くと、口のなかがちょっと切れてるだけですと言われた。母に、どうしてこんなことになったのか、としつこく聞かれるので、わたしは自分は悪くないという話をでっちあげ、いかに舘くんが乱暴な子どもであるかという話をした。母の小言を逃れるために、わたしはそんな嘘も平気でついた。

その夜、舘くんは両親と一緒にうちに謝りに来た。しおれた顔をしていた。よその学校の校長をしているという舘くんのお父さんは「きつく叱りました。大事なお嬢さんの顔に傷をつけて」と何度も頭をさげ、舘くんも体を小さくして頭をさげた。

わたしはそのとき、勝った、とほくそ笑んでいた気がする。母が「子どもの喧嘩ですから」と、恐縮する舘君の両親になだめる口調で言ってるそばで。

あれは舘くんばかりが悪いんじゃなかった。わかっていた。舘くんのプライドを傷つけるようなことをわたしは言った。あとになって、舘くんごめん、とその日のことを思い出すたびに思った。

そのあと、気がつくと、いつのまにか舘くんは短気でも乱暴でもなく、むしろおとなしい人になっていた。それはわたしのせいかもしれなかった。どれほどお父さんに叱られたのだろう。舘くんは深く傷ついたのだ。

舘くんはわたしに近づかなくなった。あれはわたしも悪かったのだ。なのに舘くんだけを悪者にした。わたしは卑怯だし嘘つきだった。中学にあがってから、いつのまにかまた話をするようになったけれど、あの日のことはずっと頭から消えない。あんなものがわたしの正義感だった。


六年生になって転校してきた泉ちゃんの家にもよく行った。泉ちゃんははきはきした子で、人の言いなりになったりしないし、自分の考えをはっきり口にできる人だった。

あっという間に仲良くなって、泉ちゃんが面白いと言うテレビ番組を見るために、わたしは隣の家にテレビを見せてもらいに行った。泉ちゃんは読書家でもあって、『シートン動物記』が面白いよ、と泉ちゃんが言えば、『オオカミ王ロボ』をすぐさま読んだし、「シャーロック・ホームズよりアルセーヌ・ルパンのほうが面白いよね」と言えば、すぐ図書館で『奇岩城』を借りて読んだ。面白いことを言ってては笑ってばかりいるのに、泉ちゃんは成績が抜群によかった。

どっちから言い出したのか、泉ちゃんと交換日記を始めた。あの頃は交換日記が流行っていたような気がする。きょう、どんなことをしたか、どんなことを考えたか、という程度の薄い内容をわたしはしたためて、教室で泉ちゃんに渡す。毎日、渡したり、渡されたりしていると、どんどん親密さが増していく気がした。ただ、わたしは書かないのに泉ちゃんが必ず書くのは、きょうは何を勉強したか、だった。

「よくそんなに、毎日きちんと勉強できるね」と言うと、「簡単よ、そんなの。時間割どおりに生活すればできるよ」と言う。

泉ちゃんの家に行くと、泉ちゃんの勉強机の前に一日の時間割が貼ってあった。

泉ちゃんが住んでいたのは社宅だったのだが、家のなかがどうなっているのかはよくわからなかった。玄関からあがってすぐの、泉ちゃんが勉強部屋にしている二畳ほどの小部屋にしか入ったことがない。廊下の奥の台所に一度だけ行ったことがあるような気もするが、とにかく泉ちゃんの家ではその小部屋で静かにしてなきゃいけないのだ。隣の部屋にいるお兄さんがずっと部屋にこもって勉強をしているから。中学生のお兄さんは学年で一番の成績だという。顔を見たのは二、三度で、それも、泉ちゃんと二人で冗談を言ってこらえきれずに笑っていると、突然、お兄さんが襖をあけた。「おまえら、うるさい。どっか行け」と怖い顔で言った。そののち、お兄さんは進学校の高校に進み、そこでもずっと成績優秀で、東大に現役合格を果たした。

泉ちゃんに倣って、わたしも時間割を作ることにした。張り切って紙に線を引き、時間を細かく細かく刻む。風呂に入る時間、ごはんを食べる時間、勉強する時間、寝る時間、起きる時間。それだけでなく、犬の散歩、歯みがき、読書、茶碗洗い、掃き掃除、拭き掃除と、どんどん細かくなる。

だけど、気持ちとしてはやろうとしているのだけれど、わたしには時間割どおりに生活することなんてできないのだ。夜更かしはするし、朝は起きられないし、本や漫画を読みはじめるとやめられないし、隣の家にテレビを見に行けば、いつまでも見ているし、で。となると、すぐまた時間割を作り替える。そしてすぐまた守れなくなる、の繰り返しで、いつまでたっても時間割は守れないままだし、泉ちゃんのように勉強ができる人にもなれなかった。

「わたし、また時間割を守れなかったんだよね」と正直に日記に書くと、泉ちゃんは「大丈夫よ。また新しいのを作り直せばいいいんじゃないの。為せば成る、よ。改心」と返事を書いてくれる。あの頃の泉ちゃんは「為せば成る」と「改心」という語を決まり文句のように遣っていた。

それを言われると、うん、そうだ、と思う。わたしは、改心、改心、為せば成る、と思いながら、だけど一向に生活態度は改まらず、そしてまた改心、改心、為せば成ると唱え、結局唱えるだけでやっぱりぜんぜん改まらないままで、敗北しつづけたのだった。

泉ちゃんは中学三年で転校していったけれど、そのあともわたしたちは文通をつづけた。泉ちゃんはお兄さんも行った進学校の高校にちゃんと進み、そこを成績優秀で卒業すると、数学が得意だったので有名国立大学の理工学部に進んだ。その頃まだ普及していなかったコンピューターのプログラミングの勉強をするようになっていて、「これからは必ずコンピューターの時代になる」と言った。

久しぶりに会った大学生の泉ちゃんに「さすがだねえ」と言うと、「東大に行けなかったおまえはバカだ、と家じゃずっと言われっぱなし」と、子どものときと変わらない屈託ない笑顔で明るく言った。

グラス

家のすぐ近くの町役場が火事になったのは父が死んだ年だった。

その日、山口市からわたしとは三十近くも年の離れた「おにいちゃん」が泊まりに来ていた。県庁に勤めているおにいちゃんはたぶん出張か何かの用事で玖珂に来て、うちに泊まったのだと思う。明るい声でよく喋る人だった。みかんを食べるのを見ていると、一房ごと白い筋をきれいに取り除き、つるつるにしてから口に入れる。煙草を吸うときは、白く細い指で箱から一本抜き取り、火を点ける前にとんとんと軽い音を立てて入念に箱に打ち付ける。

「そんなことは難しいことじゃないですよ。何事も、ものは考えようだ。人に振り回されないことが肝心です。そうでしょう、お義母さん」と、十二、三歳しか違わないわたしの母に向かって笑いながら言う。おにいちゃんという人は何事についても明快な答えを持っているようだった。

近くでサイレンがけたたましく鳴りはじめ、うちの横の路地をせわしげに通る何人もの足音とともに、「ああ」とか、「大事《おおごと》じゃ」と言う声が聞こえてきたのは夜の九時頃だった。「あわてる必要はありませんよ。とにかく落ち着いて。僕が火事の様子を見てくるからね」と言い残すと、おにいちゃんはすぐさま外に飛び出していった。

台所の窓がまっ赤だった。母が裏口から畑へ出るのについて、わたしも出た。目の前が燃えていた。大きい炎がめらめらと空へ昇っていく。ばりばりと壊れる音がして、その度に大きく火の粉が舞いあがる。古い木造の役場はたしか明治時代の建物で、大きくはなかったけれど風格があった。

うちと役場とは二十メートルほどしか離れていなかった。うちからは見えなかったけれど、消防自動車はすでに放水を始めているにちがいなかった。消防署は役場の隣だったから。それなのに火の勢いは衰えるどころか、さらに燃え盛っているようで、火の粉がぱらぱらとうちの屋根まで飛んでくる。

いつのまにかたくさんの人が集まっていた。うちの畑は竹の垣根で囲ってあったから人は入ってこなかったが、隣の畑にはたくさんの人が立っていた。暗がりに立つその人たちの顔は赤く炎に照らされていたけれど、だれなのかは判別できない。

火を見ているうちに体が震えてきて、おしっこがしたくなって、家に入ろうとすると、母が「あんたは家のなかでじっとしときんさい。寝ときんさい。大丈夫じゃけえね。何かあったら起こすから」と言った。

そう言われても寝られるはずもなく、わたしは布団の上に座ってがたがた震えていた。奥歯ががちがち音を立てるのを止めようとしても止められなかった。わたしは手を合わせて「家が燃えませんように」と真剣に祈った。生まれて初めて心から神に祈った。

家は燃えなかった。おにいちゃんが夜更けに戻ってきたときのことは覚えていない。朝、裏に出てみると、焼け残った黒い役場の残骸がひどく貧相な感じで突っ立っていた。夜にはすぐ目の前に見えてたのに、朝見るとだいぶ離れていた。

夜、母と長靴を買いに行ったのは新しい役場が建つ前だった。家の裏から出て小学校の運動場を斜めに横切り、校門を出る。校門を出たところにあった役場の跡地は空っぽで、その前が本町商店街だった。

本町商店街には衣料品店や、ガラス屋や、医院、お菓子屋、薬屋、酒屋、古い漆喰《しっくい》壁の散髪屋が並んでいて、下駄屋もあった。下駄屋では下駄や草履《ぞうり》だけでなく、傘や紳士靴、婦人靴、子どものズック、長靴も売っている。

ずっと前から長靴が小さくなっていた。足の指を丸めなくては履けなくて、歩くとすぐに足が痛くなった。我慢できない、と言っても、母はなかなか買ってくれなかった。うちにお金がない、というのが一番の理由であることはわかっていたが、母に何か買ってもらうには一度や二度頼んだくらいではだめなのだ。頼みに頼んで、やっと、買ってあげる、と母は言ってくれる。やっと長靴が買ってもらえることになって、それで晩ごはんのあと、一緒に下駄屋に行くことになったのだ。

下駄屋にあったのは女の子用の赤い長靴と、男の子用の黒い長靴の二種類だけだった。悩みようも、選びようもなく、大きめのぶかぶかの赤い長靴を買ってもらった。そのあと母が下駄屋のおばさんと世間話をしているあいだ、店のなかに飾ってある靴を一足一足見て歩いた。紳士用の黒い革靴、茶色い革靴、白いハイヒール、黒いハイヒール、花みたいな飾りのついたハイヒールにサンダル。こんなのいつか履きたいなあ、と思いながら全部の靴をじっくり眺めた。

やっと母と下駄屋のおばさんのお喋りが終わって、幸福な気持ちで長靴の箱を抱いて店を出た。暗い小学校の運動場にさしかかると、母が足を止めた。

「ほら、星がいっぱい」と、わたしに言った。

わたしは夜空を見あげた。じっと見ていると、小さい星が空いっぱいに広がっているのが見えてきた。だんだん増えてくる。

「うわあ、きれいじゃねえ」

「きれいじゃろ」と母も言った。

校舎は暗闇のなかに沈んでいた。運動場にはだれもいず、何の音もしない。暗くどこまでも広がっている空。空いっぱいの星。

胸のなかが温かくなって、ふつふつと嬉しいような幸せな気持ちがわいた。

ぶつかってばかりの母娘だったが、ああいう時間があったのだ。あの夜は月も出ていたのだろうか。

学校に着ていくブラウスだけは小さくなると店で買ってくれたけれど、スカートは母が縫ってくれていたし、セーターも母が編み機で編んでくれた。母は時間を見つけてはミシンを踏んだり、編み物をしたり、布団を作り直したりした。梅干しや、らっきょうや、白菜を漬けた。年末には障子も張り替えた。母はその時代の母親たちがしていたことはちゃんとやっていたのだ。

ただ、母のなかには底知れない、自分でもそれと気づけない不安があったんじゃないかと思う。それが終生、母にとり憑いていて母を苦しめつづけたんじゃないかと思う。

そしてその不安をさらに掻き立てるのが、いつも批判がましい眼で母を見るわたしだったのだろう。人生の先行きについての不安だったのか、予期せぬ悪いことが起きるに違いないという不安につきまとわれていたのか。わたしが言ったりしたりすることは母をいらいらさせ、母自身が摑みきれないでいる不安を呼び覚ましていたのだろう。

「まさか、そんなことをしたいと思うとるんじゃなかろうね」と、わたしが何かしたいと言ったり、将来のことなどを口にしたりすると、しまいまで聞かずに打ち消した。打ち消さずにはいられなかったのだろう。わたしを気にかけようとすればするほど、不安が膨らんできて、なんとしても抑さえつけずにはいられなかったのだろう。

わたしに、と、おさがりの服が送られてきたことがあった。一度か二度。送ってくれたのは京都の叔父か、もしかすると叔父に言われて叔母が送ってくれたのかもしれない。叔父は父の弟で、京都大学の先生をしているということだった。父のお葬式に、叔父だけは来ていたはずだけれど、覚えていない。妻である叔母にも、何人いたのか従姉弟たちにも、一度も会ったことがなかった。

会ったことのない従姉の服は、田舎町では売っていないおしゃれなデザインのものばかりだった。千鳥格子のワンピースはウエストがきゅっと細く、スカートはフレア。それに小さい襟のついた丈の短いジャケットが付いている。

すぐさまそのワンピースとジャケットを着ると、わたしは部屋のなかでくるくる回った。それだけでは飽き足らず、外に出て、運動場まで行った。だれかに見せびらかしたかったのだが、その日は小雪が舞っていて、運動場にはだれもいなかった。わたしは雪の下でくるくる回ったり、踊ったりした。都会の服ってやっぱり違うなあと感動しながら。

その京都の叔父が一度だけ泊まりに来たことがある。中学一年になっていたと思う。叔父は父に顔がちょっと似ていて、でも父と違って、「わっはっは」と大きい声で笑ったりしない。話しぶりも穏やかで、口数も少ない。

その日、母に言いつけられて、わたしはいつものように風呂掃除をした。いつもより念入りに風呂場の隅々までタワシでこすった。五右衛門風呂の内側も磨くようにしてこすった。それがすむと水を張り、兄が風呂を焚いた。

風呂が沸いた。叔父が一番風呂に入り、そのあと兄が入った。兄は風呂からあがるなり、「湯にゴミがいっぱい浮かんじょるぞ」と言った。あわてて母が風呂場に走り、戻ってくると、「掃除したあと、ちゃんと水で流さんかったじゃろ」とわたしを叱りつけた。あ、そうだった。たしかに掃除は念入りにしたのだが、それで満足して、あとを水で流すのを忘れた。

わたしはじつにそそっかしいのだ。「そそっかしい」と子どもの頃から繰り返し言われていた。それは老いたいまも直らない。

床の間に飾られていた、父が大事にしていた馬の置物の足を折り、茶碗を洗えば欠けさせ、雑巾バケツをひっくり返す。だから母は見ていられなくて、わたしのすることにいちいち口を出していたのだろうか。

母が叔父に平謝りに謝ると、叔父は「いやあ、わたしは強度の近視ですからね、眼鏡をはずして風呂に入ったもんだから何にも見えなかったですよ」と笑った。

叔父はだれに聞いたのか、「成子ちゃんは頭がいいらしいですなあ」と、朝ごはんを食べたあと、言った。大学の先生である叔父にそう言われて、わたしはちょっと嬉しい。でもオール5だったのは小学校低学年のときだけで、そんなの威張れるようなことでもない。低学年ではほとんどの子がオール5を取る。

「中学では英語は好きですか」

「はい、まあ」と答える、いちおう。

「そう。じゃあ、ちょっと英語を書いてごらん。えーと、紙は」

母があわててそこらを探し、便箋を差し出す。

「そうだなあ。『わたしは犬を殺すだろう』は英語でどう書く」

うーん。鉛筆を握ったまま、わたしは頭を捻《ひね》る。犬、はわかる。わたし、もわかる。だが、殺す、って。さらに、だろう、ってどうなの。

叔父はにこにこしながらわたしを見ている。わたしは溜息をつく。「犬はわかるけど」

「そう」

叔父は残念そうな顔をしてうなずいた。わたしはとても恥ずかしかった。わたしはかしこくないどころか、バカなのだ。

帰り支度をして、玄関で靴を履きながら後ろにいたわたしに、「しっかり勉強をなさい」としずかな口調で言い、見送るわたしたちにお辞儀をして叔父は帰っていった。そのあと、再び叔父に会うことはなかったし、叔父の家族のだれとも、結局会わずじまいだ。

それにしても。叔父はどういうつもりであんな英文を書かせようとしたのだろう。わたしは犬を殺すだろう、って。不穏すぎる。

母は、言うことを聞かない娘に苦しめられている、という立ち位置を手放さなかった。たしかにわたしは中学生となり、高校生となるにつれ、ますます反抗的になっていた。

母は、母の好きな「親孝行」の三文字を忘れ果てている娘を嘆きつづけた。困った子に育ったもんだ、と眉を寄せ、何を考えているのかわからない、とほとんどわたしを嫌悪していたと思う。わたしはわたしで、わたしの考えをすべて否定し、わたしの芽をぜんぶ摘み取ろうとする母に怒りを感じる毎日だった。やがて高校三年になって、高校卒業後の進路もほとんど母の言いなりになるしかなさそうだ、とわかったとき、気づくと、わたしは八方塞がりとなっていた。年老いた母を苦しめているのはわたしだ、という思いからも自由になれずにいた。でもよく考えてみると、そのとき母は五十七ぐらいで、それほど老いてはいなかったのだが。

何もかも行き詰まって、自分で自分を認めることもできなくなって、生きる気力も気づけば失いかけていて、学校に行く気力も失くしてしまっていた。自分は無価値な者だ、という考えから逃れられなくなっていた。

学校や母には「熱がある」と嘘を言っては学校を休んだ。休んで、自分の部屋にしていた離れに寝転んで、窓から見える空を一日中ぼーっと見ていた。何もかもが嫌になっていた。どん詰まりだと思っていた。このあと二十歳まで生きなきゃならないなんてなあ、と思った。そのあとまた三十になるまで、どうやったら生きられるのか。もういいよ、と思っていた。

「微熱があります」と言っては学校を休んでいたのだが、あるとき学校に行くと、職員室に呼ばれた。てっきり嘘がばれて叱られるんだろうと覚悟して行くと、担任の久保先生は「岩瀬さん、ずっと微熱がつづいているみたいだから心配しているのよ。もしかしたら結核かもしれないわよ。ね、一度病院で診てもらいなさい」と心配顔で言った。

はい、と返事して、廊下を教室に帰りながら、なんていい人なんだ、と思った。クリスチャンだった久保先生は朝のホームルームに来ると、まずほほ笑んで生徒を見まわす、そういう人だった。高校卒業後も交流がつづいたただ一人の先生だった。家に行くと、お茶やコーヒーやケーキを出してくれ、「いいのよ。そのままでいいのよ」と言ってくれ、「岩瀬さん、一度、教会にいらっしゃい」と誘ってくれた。

東京出身で、関東大震災を体験したという久保先生は定年退職後、岩国の家を引き払って埼玉の娘さん家族の元に身を寄せることになった。その後、わたしが三十を過ぎた頃、東京で一度先生に会った。それからまた十年くらいたって、人生の終わりはやっぱり長年住んだ岩国で暮らしたいの、と戻ってくることになった。そのマンション探しを一緒にした。生涯、優しい人だった。

夏だった。高校から帰って、制服を着たままガラス戸をあけ放った廊下に立ってジュースを飲んでいると、台所から母の声が聞こえてきた。前の晩にわたしが言ったことについて「あんたみたいなものの考え方をしちょると、いまに人に嫌われる。ひねくれたものの見方しかできんのかね」などと言いはじめた。わたしは小さいときから母や兄に「ひねくれちょる」と言われていた。

わたしは聞こえないふりをする。

すると母の嘆きはどんどん増してきて、溜息をつき、「やれやれ」と言い、「どうしてそんな子になったんじゃろうねえ。親の苦労がわからんのじゃねえ。思いやりってもんが、ほんとにまったくない」と、いつまでもつづく。

「うるさい」

叫んで、わたしは手に持っていたグラスを庭に向かって投げつけた。ガシャ。グラスは割れた。

母が「親に向かって『うるさい』とは、何てことを言うんかね」と廊下に出てきて、庭の割れたグラスを見た。

「まあ、なんちゅうことを」と、母は泣きそうな声を出した。「ほんとに、あんたって子は」

わたしはなんともいえない嫌な気持ちになっていた。母の言葉にではなく、グラスを投げるとき、一瞬、投げつけてみようか、と思った、そのことに。怒りに駆られてというふりをしたけれど、そうじゃなくて、わたしはわざと投げてみたのだ。そんなことをしてみようか、と思って投げた。そのわざとらしさ、嘘っぽさが情けなかった。割れたグラスの破片を拾い集めながら、嫌だなあ、と惨めだった。

母が亡くなったあと、実家を片づけて家にいろんな物を持ち帰ったのだが、そのなかに、見覚えのある着物があった。子どもの頃、どこかに出かけるとき、母はいつもその着物を着た。「これ、大島よ」と、鏡の前でその着物を着るたびに言った。おお一張羅ですか、と思って眺めていた。その着物を、年取って着物を着なくなったあとも母は大事にしまっていた。というか、しまい忘れていたのかもしれない。

わたしも中年を過ぎてから着物を着るようになって、あるとき、持ち帰ったあとしまったままにしていた母の一張羅を着てみようと思いたった。箪笥の底から引っ張り出し、母の大島に袖を通した。サイズはまあまあ合っていたけれど、よく見ると染みだらけだった。染み抜きを頼むのがためらわれるほどのひどい染みで、生地も傷んでいた。

これを後生大事にしていたのかと思うと、たしかに我慢ばかりの人生だったのだなあ、と母の苦労を思った。しばらくのあいだ鏡の前で横を向いたり後ろを向いたりして、これをなんとか着られるようにできないものかと思案したが、あまりにみすぼらしくて、諦めてわたしは着物を脱いだ。

小学生のとき、居間に寝転んで、雑誌の付録か何かの唱歌集を開いて一人でうたっているると、母がそばに寄ってきた。

そしてわたしと一緒に、「みかんの花咲くころ」をうたい、「春がきた」をうたい、「うみ」、「おぼろ月夜」と、つぎつぎにうたった。「ああ、この歌、知っちょるよ」とうたいだすときの母は優しいお母さんそのものだった。歌声を耳のすぐそばで聞きながら、わたしは母のぬくぬくとした懐にいるような気がしていた。

PHOTO STUDIO
細田寫眞場
写真館へ細田
祝
七・五・三
2度と来ない今日この時
記念写真は当館へ
カメラ 写真館 へ細田

歩車分離式
川下出張所

EMBROIDERY
WOOD PLAQUE
BALL CAP
T-SHIRT
MUG CUP
REX SHOP
TRICK OR TREAT
meiji

釘乃の穴

銀一おじさんのテーブル

銀一おじさんから電話がかかってきたので、赤い靴を履いて出かける。赤がいいように思ったのだ、なんとなく。

「煮詰まっちゃってさあ」と電話でおじさんは言った。

声はいつもよりむしろ明るく、ちっとも煮詰まっているようには聞こえない。聞こえないというより、わたしには「煮詰まる」というのが一体どういう感じなのかよくわからない。これまでの人生で、わたしはたぶん一度も煮詰まったことがない。まだ十歳だし。

魚屋の日除けテントの下を歩いて、その先の毛糸屋の角をまがる。小路に入って数軒先に、おじさんの家はある。入り口のガラス戸に剝げかけた白いペンキで「小鳥」と書かれている。古くて小さい家だ。「小鳥」と書かれているのはだいぶ前にここに住んでいた人が小鳥屋をやっていたからで、おじさんは小鳥屋ではない。ニワトリは一羽飼っているけれど。

「こんちは」と入っていくと、奥から「おう」と声がした。

土間には自転車が一台置かれているだけでほかには何もない。元はお店だった土間は青いセメント敷きで少しでこぼこしている。その奥が住まいで、すりガラスがはまった戸が閉まっている。わたしはガラス戸の前で赤い靴を脱いだ。

おじさんはソファベッドに寝そべっていた、いつものように。

「どうしたの」

「困ってる」

おじさんは煙草の煙をぷーっと真上に吐き出してから、言った。

部屋の床にはカーペットの代わりに新聞紙が敷きつめてある。ニワトリのリケイが場所かまわず糞をするからだ。リケイはわたしが部屋にあがっても見向きもせず、新聞に気になる記事でも載っているのか、じっとうつむいたままだ。

「何を」と、わたしはリケイに触ろうかどうしようかと迷いながら聞く。

「リケイ」

新聞紙の汚れていない場所を選んで腰をおろしながら呼ぶと、リケイは首をわたしのほうに向けた。

「思いきってテーブルを買うべきかどうか、迷ってる」

ああ。わたしはうなずく。

おじさんはだいぶ前にミニマリストになって以来、できるだけ物を持たない生活をしている。部屋にはソファベッドとテレビがあるだけだし、隣の小さい台所には小さい冷蔵庫と卓上ガスコンロが一つあるだけだ。箪笥はなくて、服は壁に掛けている。トレーナーや、カーディガンや、シャツや、リュックや、帽子などが壁に等間隔に並んでいる。小さいテレビはあるけれど、食器棚も、食卓も、椅子もない。食事をするときは食器をのせたお盆を膝に置いて食べている。食器といっても、たいてい一皿だけだけれど。

「テーブル、普通の家にはあるよ」

「はっ」とおじさんは声を出した。「普通、ときたね。いちばん汚らわしい言葉だ」

「っていうか、おじさんに必要な物なんじゃないの」と言い方を変えた。

「自分にとって、ほんとうに必要な物かどうかを見極めることほど難しいことはないよ」

ふーん。わたしはリケイを見る。リケイがしきりに首をかしげているから。

「小さいテーブルが一つあっても、じゃまにはならないよ」

おじさんは溜息をつく。

「たいへんな決断をしなきゃならなくなる」

わたしはだんだん面倒くさくなって、「じゃあ、やめとけば」と言う。

「しかし、熟慮したあげくの結論としては、家具のなかでテーブルほど役に立つものはないな」

おじさんは起きあがって、床に置いた灰皿代わりの小皿に煙草を押しつけて消した。

欲しいのか、欲しくないのか、わからないので、「蕨《わらび》に行けば、安いテーブルがあるよ」と言ってみた。

蕨というのは古道具屋で、おじさんが持っている二枚のお皿も、マグカップも、ホーロー鍋も蕨で買ったものだ。

あ、もしかして、とわたしは思った。おじさんが迷っているのはテーブルを買うお金がないからじゃないのか。おじさんは働いていないから。

「うーん」

おじさんはまたソファベッドに横になった。ソックスを履いていないおじさんの足はやけに白い。働かないでいると、足はどんどん白くなるのだろうか。

おじさんはときどきうちに来る。その目的はわかってる。わたしがわかってるだけじゃなくて、おじいさんにも、おばあさんにも、おかあさんにもわかっている。弟の小鉄だけはわかっていないだろうけど。まだ四つだもん。

でも、そのことをうちに来たおじさん自身も、ほかのだれもなかなか口にしようとはしない。おじさんは、おかあさんの作ったサーモン入りのちらし寿司をあたりまえのように食べ、ビールをグラスに二杯飲み、そのあと小鉄の相手をしたり、新聞を読んだりする。

「お風呂いただきまーす」とおっとりした声で言って、おじいさんのあと、お風呂にも入る。ゆっくりお風呂に入ったあとはぼーっとテレビなんか見ている。

するると、「やれやれ」と、ついにしびれを切らしておばあさんが言う。

それを聞いたおじいさんは「待て」と、ただちに反応する。

「その『やれやれ』は何だ。本来、安堵か落胆に遣う言葉だろう。おぬしのはあまりにも肯定的な『やれやれ』じゃないか。甘やかしの『やれやれ』だ。母親が息子をだめにするんだ。世界中の母親が世界中の息子をだめにしておる」

「え、じゃあ娘は」とわたしは聞く。

「だめになった息子を鍛えるのが娘の役目」

「もう、へんなことを釘乃《くぎの》に教えないでください」

そう言いながら、おばあさんは台所の戸棚の引出しにしまってある財布を取りに行く。

おばあさんはむこうを向いて財布を開き、札を何枚か抜き取ると、そそくさと懐紙に包む。懐紙はおかあさんが溜め込んでいたものだ。おかあさんは六年ほど習った茶道を去年の大晦日に辞め、その六年のあいだに溜まりに溜まった懐紙を台所に持ち込んでいる。懐紙は茶菓子の下に敷くだけでなく、天ぷらを揚げるときの油取りとしても使い、だれかに何かあげるときにはそれで包み、ときどき鼻をかんだりもしている。

おばあさんはおじいさんに背を向けるようにしておじさんに近づくと、その胸ポケットにお金を入れた。おじさん、うちに来るときには必ずポケットのあるシャツを着てくる。

紫と黄色のチェック柄の。

「いくらやったんだ」とおじいさんが言う。

おじさんは立ちあがりかけている。

「いいじゃありませんか。わずかな駄賃です」

「はっ。駄賃というのは何か役に立つことをしてくれた者にやるんだ。銀一が何をした」

おじいさんの「はっ」と、おじさんがときどき発する「はっ」は似てる、とても。親子だからだ、たぶん。

「いいじゃありませんか」

「いいことはない。おぬしはおれを何だと思ってる。一家の主、おぬしの亭主だ」

「はいはい」

おばあさんは言いながら銀一おじさんに目配せをする。

「四十年前におれのところに嫁いで来て以来、おぬしはおれを一度も尊敬したことがないだろう。ちゃんとわかっとる」

「だって、ねえ」

おばあさんは鼻で笑って、おかあさんを見た。

「なんだか、お芝居見ているみたい」

リモコンでテレビのチャンネルを変えながら、おかあさんは言う。「役も台詞も決まってて」

「お芝居って」

おかあさんのそばでテレビを見ていた小鉄が、おかあさんに聞いた。

「小鉄ちゃんはもう寝ましょ」

おかあさんは小鉄の手を取って立ちあがらせた。

「幼稚園にね」と、小鉄は立ちあがりながら言った。「白いイタチがいたよ」

「そう。白いイタチね」とおかあさんは言って、「さあ行こう」と、小鉄を部屋から連れだした。

「じゃあぼくは、これで」

おじさんはおじいさんが座っているソファの後ろを通ってドアへ向かった。

「三万か。まさか五万じゃあるまいな」

おじいさんは首を捻《ね》じっておじさんを見た。

おじさんは天井を仰いだ。

「わしはちゃんと帳簿につけておるんだ。忘れるな。これまでおまえにくれてやった金の合計は二百四十六万に達した。きょうのを入れれば二百五十一万だ。いずれ全額、必ず返してもらうからな」

おじさんはおじいさんを見ずに小さく何度かうなずいてから、部屋を出ていった。

「三万ですよ」とおばあさんが言うと、

「二百五十一万」と、腕組みをしたおじいさんは裁判長みたいな声を出した。

　これが月に一、二度繰り返される。


「おじさん、働いたことあるの」

「あるよ」

　おじさんは天井を見たまま答える。「デパートで」

「デパートで、おじさんが」

　思わずまじまじとおじさんを見た。おじさんがデパートの売り場に立っている姿をどうしても思い描けない。

「それから魚屋で。あと貴金属買取ショップでも。どれもだいたい二か月で辞めたけども」

「ああ」

　やっぱりなあ。

「自分の人生を売るようなことはしたくない」

　おじさんは起きあがると、「リケイ」とニワトリを呼んだ。

　リケイはふり向きもせず、部屋の反対側の隅に向かって歩いていく。

「契約というものが嫌なんだな」

「就職するときの」

「そう。いろいろ約束をさせられるからね。足枷をはめられて、服従させられるの。まあ、奴隷だな」

　おじさんは天井を仰ぐ。

「奴隷として生きるのはぼくの魂がね、許さない」

「魂って。普通の人はみんな働いてるじゃん」

「はっ」

　おじさんは息を吐いた。「また普通か。釘乃ちゃんもそこまでの人だったか」

「だけど、お金に困ってるんでしょ。テーブルも買えないなんて」

　おじさんは立ちあがると新聞紙の上をワシャワシャ音を立ててリケイに近づいた。そしてリケイに手を伸ばそうとしたとたん、リケイは突然大きく羽ばたいておじさんの手を逃れた。

「く。勘づかれてるか」

「リケイ、怖がってるの」

「ずっと一緒に暮らしてきたから、ぼくの心ぐらい読んでるだろ」

「おじさん、よくひとり言を言うじゃん。聞かれたんだよ」

「かもな」

「リケイに聞かれちゃまずいこと」

わたしは声をひそめて言った。

おじさんはまた新聞紙の上をワシャワシャと歩いてソファベッドまで戻ると、「あのな」と横目でリケイを見ながら、息の音よりもちょっとだけ大きい声で言った。

わたしは立ちあがって、ソファベッドのおじさんの隣に腰をおろした。

「富山を知ってるか。あ、知らないかもな。昔からのニワトリ友だちだ。富山がこの前、訪ねてきて、『うちのメグミが死んじゃった』って言うんだ。で」

おじさんはリケイのほうに目を向けたままわたしの耳に手を当てると、

「リケイをゆずってくれって言うんだ。三万出すって」と言った。

「三万」思わず声が出た。

「しっ」

おじさんはわたしを睨んだ。

リケイはまっ赤なトサカを揺らしながら、部屋のむこう側を優雅に首を前後させながら歩いている。美しいし、堂々としている。

「どうするの」

「富山は枇杷の木を何本も持っていて、枇杷の実もぎを手伝ってくれたら、さらに二万、合わせて五万出すって」

ふうっ。

リケイにわたしたちの話が聞こえたのかどうか、リケイは気品さえ感じられる足の運びで部屋をぐるりと一周してこちらに戻ってきた。

「五日前からずっと考えてる」

おじさんがまた煙草に火をつけようとしたので、

「帰るね。昼ごはんまでに帰らないと、おばあさんに叱られるから」と言った。

「そういうとこ、やっぱ子どもだな。昼めしと、目の前に迫っている大問題とどっちが重要かわからないなんてね」

それから、おじさんは最初のひと口を深く吸い込み、二秒ほど息を止めてから、ふうっと煙を吐き出した。

「ミニマリストなのに禁煙しなくていいの。煙草って高いんでしょ」

おじさんは返事はしないで、灰皿にしている小皿を持って裏庭に出ていった。


「お願いがあります」

すぐそばでリケイが言った。

「え、何」

驚いていないふりをして聞いた。

「おれは富山さんとこに行きたいんです。銀一に、そう言ってもらえませんか」

リケイはわたしの目をじっと見て言った。それから下の瞼《まぶた》を上にあげるまばたきを三回した。

「富山さんを知ってるの」

リケイは首をぐるっと右に回し、それから左に回して、

「この前、ここに来たとき会いました。良さげな人です」と言った。

「ここが嫌なの」

「朝、鳴いちゃいけないって、銀一が」

「なるほど。あんまりうまくいってないんだね」

リケイは首を小さく動かした。

「それに、餌が。こういうこと、言いたくはないんですけど、はじめの頃は配合飼料に菜っ葉もくれてたんですけど、この頃はくれなくなったし、餌の量もだんだん減らされてる感じがするし。夜、よく眠れないんですよ。そのうち殺されて食べられるんじゃないかと思うと、心配で心配で夜中にはっと目が覚めるんです。首を絞められる夢を見て。もちろん、前の飼い主のところから救い出してくれたことには感謝してますけど。前の飼い主はもっとひどかったから。ほとんど虐待でした。虐待されるのだけは嫌だけど、おれ、ミ

ニマリストとも相性がよくないんです」

「辛い過去があったんだね。ニワトリなのに、過去のことを忘れてないんだね。ニワトリって三歩歩いたら忘れるんじゃないの」

すると突然、「コケコッコー」とリケイは大声で鳴いた。

おじさんがあわてて家に入ってきた。

「お願いだからやめてよ。隣の奥さんが飛んでくるよ」

リケイは、ふん、と顔をそむけて、またシャカシャカと音を立てて新聞紙の上を歩きはじめた。

「リケイを富山さんて人に、あげてもいいんじゃないかなあ」とわたしは言った。

リケイがぱっと、トサカを揺らしてわたしを見た。

「枇杷の実もぎの手伝いもしてあげたら」

おじさんは小さく二、三度うなずいた。

「じゃあね」

わたしはおじさんとリケイに言って、部屋を出た。

三日ほどしておじさんの家に行ってみると、部屋の新聞紙はきれいに片づけられ、おじさんはソファベッドに寝そべってテレビを見ていた。その前に、小さなテーブルが置かれている。

「リケイ、富山さんにあげたんだね」

おじさんは黙ってうなずく。

「枇杷の実もぎの手伝いもしたの」

「リケイ、枇杷の木の下でミミズをほじくり出して食べてたよ」

枇杷の実、もらってきてくれるかな、と楽しみにしていたのに、どこにも枇杷の実はなかった。おじさん、枇杷の実もぎの手伝いはしなかったらしい。

錫ちゃんのゆっくりジョギング

裏庭のもの干し竿の下に穴を掘った。

この頃ようやく、まん丸とはいえないまでも、なんとか丸い穴が掘れるようになった。深さは三十センチくらいで、まあまあだ。いいね。自分に、というより穴に向かって言った。

庭に穴を掘るようになったのは、去年、アオスジアゲハが槿《むくげ》の木の下で羽を広げて死んでいるのを見つけたときからだ。そのままにしておいてはアリに喰われるかもしれず、かわいそう、と思ったので、槿の横に小さい穴を掘って埋めた。そのあとカナブンが縁側で死んでいるのを見つけて、アオスジアゲハの隣にまた小さい穴を掘って埋めた。

台所のおかあさんがキャベツに死んだ青虫を見つけたときも、青虫を手のひらにのせて庭に出て、カナブンの隣にとってでも小さい穴を掘って埋めた。ヤモリの子が戸の隙間で干からびていたときは、ちょっと大きめの穴を掘って埋めた。

穴を掘って何かを埋めたいな。どこかに死骸はないかな、といつのまにか考え方が逆さまになって昆虫の死骸を探したけれど、そうそう死骸は見つからない。だけども穴を掘って埋めたい気持ちは消えなくて、台所の古いタワシを菊のそばに埋めた。幼稚園のときに使っていた名札は葉蘭《はらん》のそばに埋めた。それから、小さいときに遊んでいたレゴや人形も、もう遊ばないし、埋めちゃおう、と思ったけれど、そんなのを埋めるのはゴミの埋め立てと一緒で、環境破壊になると気づいて、思いとどまった。

でも埋めたい気持ちはまだ残っていたから、先に穴だけ掘っておくことにした。そして穴を三つほど掘って、気づいた。わたしは何かを穴に埋めることよりも、穴を掘るってことが好きなんだ、ってことに。

それからいろんな場所に穴を掘りはじめた。木の下は根っこがはびこっているから大きい穴は掘れないけれど、勝手口の横とか、縁側の下とか、塀のそばなんかだと、結構深く掘れた。

掘ったあと、しばらくたつと穴の土は乾いてくる。だんだんきれいじゃなくなるし、雨が降ったりすると穴の形が崩れたりもするので、一週間ぐらいたったら穴の横に積みあげたままにしておいた土で穴を埋め戻した。

穴を埋め戻したその場所は一見元どおりになったように見えるけれど、でも、それは前と同じ地面じゃない。わたしの穴が埋め戻された地面なのだ。ふーん、とわたしはわたしの穴だった地面を見た。

そしていままでは、元は穴だった地面が家のまわりのあちこちに少しずつ増えている。ちっちゃい穴だった地面もあるし、まあまあ深い穴だった地面もある。もの干しの下の、いま掘ったばかりの、これまでで一番大きい穴を見ると、ふつふつ嬉しい気持ちがわいてきた。穴の横の黒い盛土もしっとりと美しい。ここに埋めるものって何だろう。

なんだかわくわくして空を見あげると、犬みたいな形をした雲が浮かんでいる。犬の横にはキノコみたいな雲も三つ。

こういうお天気の日には、と思ったそのとき、遠くから口笛が聞こえてきた。メロディーは賛美歌の「いつくしみ深き」だ。ということは、いとこの錫《すず》ちゃんだ。

口笛はしだいに近づいてくる。こういううっすら曇りの日には錫ちゃんがやって来る。どうしていつも「いつくしみ深き」なの、と錫ちゃんに聞いたことがある。

「キリスト教会に行っていたのは一か月だけだったから、この賛美歌しか覚えられなかったんだよね。それにこの歌、学校で習った『星の世界』と同じだから、すぐ覚えられた」と言っていた。きよらかなメロディーだ。

口笛が止んで、庭に錫ちゃんが入ってきた。

「行こう」錫ちゃんは言った。

「どこまで。橋は渡りたくないよ」

「ばかねえ。橋の上が気持ちいいんじゃない。川風が吹いてるし、川の音も聞こえるし」

「だって長いもん、あの橋」

「渡る」

錫ちゃんはもう足踏みをはじめている。

「スニーカーに履き替えておいで。行くよ」

わたしはしぶしぶ靴を履き替えに玄関に行く。錫ちゃんはわたしより一つ年上だけど、背の高さはわたしとあんまり変わらない。わたしがどっちかというと背が高いせいでもあるけれど。錫ちゃんは走るのが好きだ。うっすら曇っているこういう日には、ちょっとそこらを走りたくなるんだそうだ。そこらというのがけっこうな距離なのだけど。

並んでは走らない。錫ちゃんが前で、わたしが後ろ。

錫ちゃんのポニーテールが右左、右左と揺れるのを見ながら走る。走るといっても普通のジョギングのスピードよりずっと遅いテンポで、スロージョギングよりちょっと速いくらい。走りながら話ができる速度を錫ちゃんはキープする。

「小さい時、わたし乗物が怖かったんだよね。じつは、いまも怖いけど」

前を向いたまま錫ちゃんは話す。わたしはべつに返事はしない。小さくうなずくだけ。

「電車に乗るのがとにかく怖くって、プラットホームに立っているだけで気持ちがぐらぐら揺れちゃって、長いプラットホームの先のほうを見ていると吐きそうになった」

わたしはうなずく。

歩道を走るわたしたちの横をいろんな車が追い抜いていく。助手席の窓をあけて、「がんばって」と、女の人が首を出すこともある。犬が首を出すこともある。犬は何にも言わなくて、舌をべろべろさせているだけだけど。

少し暗くなった気がして空を見ると、さっきの犬みたいな雲はいつのまにか広がってきた雲に呑み込まれていた。そのことを錫ちゃんに言おうかと思ったけれど、話の途中で口を挟むと叱られるので、黙っていた。

「線路に近づいたりすると、悪い風が突然吹いてきていまにもプラットホームから線路に吹き飛ばされるんじゃないかって気がするから、ホームのちょうどまんなかあたりに立つようにしているの。プラットホームって前にも線路、後ろにも線路だから地獄。で、突如、あの嫌なベルが鳴るじゃん。あれってどうしてあんな大きい音なんだろう。そうしたくないのに、首を縮めちゃうんだよね。そしたらもう、家に帰りたくってしょうがないの。どこにも行きたくない、どこにも行きたくなんかないんだっていう後悔のかたまり。なんで出かけてきちゃったんだろうって」

わたしはうなずく。

「そしたらさ、線路のむこうから、ヘビだ、って最初思ったんだけどヘビじゃなくて、まさかワニ、って思ったらワニじゃなくて、大きな龍がやって来てるんだよね。髭がびゅうっと鞭みたいに伸びてて、目玉がぎょろっと大きくて、口をぐわっとあけてるの。龍って、いい生き物だったか、悪い生き物だったか考えようとしたんだけど、龍の口から煙みたいなもんがぶわっと出てきて、考える力を消しちゃうんだ。しかも龍は線路なんかまるで無視しちゃって、浮いた感じでやってくるの。もしかして食べられるのか、と思ったところで目が醒めたんだけど、ああいうのを夢で見るのは前に蕭白《しょうはく》の展覧会で龍の絵を見たからかなあ」

「はあ」わたしは溜息を一つつく。

錫ちゃんは夢をよく見るそうで、つまり見た夢を覚えている人で、会えば「ねえねえ、お皿に山盛りの南天の実って見たことある」と、いきなり夢の話をしてくることもあるし、いまみたいに、ほんとの話かと思って聞いていると夢の話だったりもする。

錫ちゃんが道路脇の古道具店、蕨に近づいていく。わたしも従う。

「こんちは。おじさんちの猫、子どもを産みましたかあ」

錫ちゃんは店の前で足踏みしながら、なかにいる蕨のおじさんに話しかける。

「おう。錫ちゃんか」と、蕨のおじさんが戸口まで出てくる。

「まだなんだよ。こんどは三匹は生まれるんじゃないかな。錫ちゃん、一匹もらってくれよ」

「あー、何とも言えないですね。うちのおかあさん、知ってるでしょ。わたしが、こうしたい、って言ったら、必ず『だめ』って言う人だから。もうね、先に答えが決まってるの。『あのね』って言っただけで、『だめ』って。『どうして、わたしが言おうとすることがわかるの』って聞いたら、『おまえの声でわかる』だって」

蕨のおじさんが、はっはっはと笑う。

二人の話をわたしも足踏みしながら聞いている。立ち止まったら、錫ちゃんに「足踏みっ」って言われるから。途中で止まったら、それは走りきったことにならないんだよ、って。

「でも、もしかしたら、もしかするかもしれないから、赤ちゃんが生まれたら、教えてね」

錫ちゃんは「じゃ」と走りだす。

さっきよりも雲が低くなっている。風も出てきた。街路樹の花水木の葉が揺れている。

錫ちゃんはあんまり学校に行っていないみたい。「毎日行ってると飽きるもん」と前に言ってた。「それに学校までの道って、伸びたり縮んだりするじゃない」とも。「何分前に家を出ればいいかわかんなくて。早く着きすぎて校門があいていなかったり、かと思うと、着いてみたら二時間目が始まってたり」

錫ちゃんは眠るのが好きだ。たまに錫ちゃんちに行ってみると、たいてい錫ちゃんは眠っている。リビングのソファで眠っていることもあるし、自分のベッドで眠っていることもある。空っぽの浴槽のなかで眠っていたり、廊下の突きあたりで眠っていたり、食卓の下で眠っていたりする。いちおう人の迷惑にならない場所を選んでるよ、と錫ちゃんは言う。

「病気かもしれないよ」と言うと、

「病院に行って診てもらったら、『思春期眠り病でしょう。成長期のホルモンのはたらきで過眠になることがあります。精神が成長しているんですなあ、ハハハ』だって。ヤブだよね」と言っていた。

錫ちゃんは速度を変えず、あいかわらずのゆっくり加減で走っていく。

「桜ふぶきって、きれいだよね」

錫ちゃんは前を向いたまま話しはじめる。わたしは錫ちゃんのTシャツにうっすら浮き出ている肩甲骨の形を見ながらうなずく。

「桜って、いっぺんに散りはじめるじゃない。うわあ、きれいって思って上を向いて眺めていたら、舞っているのは花びらじゃなくて雪なの。小雪が風にあおられるたびにふわっと斜めに降るんだよね。ぐるぐる回ったりもするの。わたし、嬉しくなって雪の下で踊っていたら、だれかがわたしのことを呼んだ気がして、え、だれ、ってふり向いたら、なんと金色の駱駝だった。駱駝、顔を寄せてきてわたしに何か言うんだけど、駱駝語わかんなくて、ふんふん、わかったふりしてうなずいたの。気を悪くするかも、って思ったから。駱駝の金色の長いまつ毛に白い雪が積もってた。それから駱駝は金色の息をはあっと吐いて、小さい声でまた何か言ったの。やっぱりわかんなかったけど、なんとなく、背中に乗りなよって言ってる気がしたんだよね。だからわたし駱駝の背中によじ登ったの。駱駝の背って、乗ってみると意外に高いよ。だけど瘤が二つあったしね、たぶん馬より乗り心地はいいんじゃないかな。駱駝はすぐにも走りだしてわたしをどっかに連れていってくれるはず、と思っていたのに、ぜんぜん走ろうとしないんだよね。わたし、どっかで、馬を走らせるには足で胴を蹴ったらいい、と書いてあるのを見た気がしたから、駱駝もそうかなと思って、ちょっと蹴ってみたの。だけど駱駝、まったく走る気ないみたいで、そのかわり頭をぶるるるっと振って、そしたら頭に積もっていた雪がふわっと散って、きれいだったよ」

「ぶるるっ」とわたしは言った。

あはは、と錫ちゃんは笑った。

「そんとき、わたし生まれて初めて、川原に生えている植物が猫柳だってことがわかったんだ」

錫ちゃんは道路端の漬物店川端屋に近づいていくと、店の前で足踏みを始めた。わたしもそろそろ立ち止まりたいと思っていたから、ほっとして錫ちゃんに並んで小さく足踏みをする。

「奥さん、こんにちは」

錫ちゃんは店の奥のおばあさんに声をかける。

「あら、錫ちゃん。ちょっとお入んなさいよ」

レモン色の割烹着を着たおばあさんが手招きした。

店にはあたりまえだけど、いろんな漬物が並んでいる。ナスやキュウリのぬか漬け、白菜の漬物、キャベツとニンジンの浅漬け、ナスのからし漬け、べったら漬けに、しば漬け、なら漬けもある。ガラスケースの上には、味見用に刻まれた各種漬物が同じ白い小皿に盛られて並んでいる。

「どれでも、ちょっと味見してちょうだいよ」

きれいに眉を描いているおばあさんはにこにこ顔でわたしたちに言う。

「じゃあ、いただきます」

錫ちゃんが爪楊枝で刺したのはいぶりがっこだった。いい音を立てて錫ちゃんはいぶりがっこを食べる。

わたしは黄色いたくあんにした。

「スエモリさんと、ヤマザトさんと、タカシマさんと、ハナゾノさんはお元気ですか。もう一枚いいですか」

錫ちゃんは爪楊枝でいぶりがっこをもう一枚突き刺す。

「ハナゾノさんは先週、亡くなっちゃったのよ。とってもいい方だったのに」

川端屋のおばあさんは両手を頬にあて、しんみりと言った。

足踏みしながらいぶりがっこを食べている錫ちゃんは「お気の毒」と言った。

「スエモリさんたちも肩を落としちゃって。錫ちゃんがまた教会に来てくだされば、みんな喜ぶわよ。ね、いらっしゃいよ」

いぶりがっこを飲み込んでから、錫ちゃんは「時期が来れば、また」と言って「いつくしみ深き」をうたいはじめた。足踏みをつづけながら。

川端屋のおばあさんも声を合わせてうたう。

わたしは、ナスのぬか漬けを食べたいな、と思いながら、ナスを見て、錫ちゃんを見て、おばあさんを見たけれど、二人とも見つめ合ってうたっているので、ナスを、と口を挟むのがはばかられる。

賛美歌が終わると、失礼します、と挨拶して錫ちゃんは店を出ていった。あわててわたしも後を追う。ナスをあきらめて。

　橋のたもとに着くまでのあいだに、錫ちゃんは、スーパーマーケットで重曹の売り場を探して長い陳列棚の前を横歩きで進んでいったら、奥の扉に「重曹」と書かれたドアがあったので、ここか、と思ってあけようとすると、ドアは意外に重く、それでもやっとあけてなかに入ると、そこはバッキンガム宮殿だった、という夢の話と、庭の流しでスニーカーをブラシで洗っていたら、こすればこするほどスニーカーはどんどん小さくなって、しまいには小指の先ほどの大きさになっちゃって困ったなと思っていたら、モグラがやって来て、「ぼくの靴、洗ってくれてありがとう」とお礼を言って履いていった、という夢の話と、タキモトハルオミくんといよいよ結婚することになって、結婚式を挙げてもらおうと手をつないで教会に向かって歩いていて、あの角を曲がればもう教会だ、と思ったのに、曲がってみると教会のかわりに野っぱらが広がっていて、ヤギが十頭ほど草をはんでいるのが見えたから、思わず近寄って、一頭一頭ヤギに挨拶をしてまわって、それから、あ、そうだ、と思い出してタキモトハルオミくんをふり返ると、タキモトハルオミくんはすっかりおじいさんになって、にこにこ笑っていて、びっくりしたので、さよならも言わずに走って逃げ帰った、という夢の話をした。

　タキモトハルオミくんというのは錫ちゃんが好きな同級生の男の子だ。だけど錫ちゃんは、まだ一度も口をきいたことがないらしい。

橋のたもとにたどり着いたときには霧のような雨が降りはじめていた。

「雨、ひどくなるかも」

橋を渡りはじめる錫ちゃんに言うと、「オッケー」と返事をした。

少しだけスピードをあげた錫ちゃんについて橋を渡りはじめた。たしかに川風は気持ちいい。でも、錫ちゃんが、聞こえる、と言っていた流れの音は聞こえない。だって川面はずっと下だ。しかも水量が少ない。

錫ちゃんの行き先はわかってる。橋を渡ったところにある児童公園。少子化だからか、いつ行っても、そこで遊んでいる子どもを見たことがないし、遊具はどれもかなり古びている。錫ちゃんは、ぐるりをアカメで囲まれているその小さな公園に入っていくと、その生け垣に沿って一周だけする。それから公園を出て、来た道を引き返す。

どうしてここに、と聞いたことがある。

「だってね、ここには思い出が詰まってるんだよね。保育園のとき、日曜日におとうさんと来てたから。ジャングルジムに登ったり、ブランコを漕いだりもしたよ。そういうのも思い出すけど、ここで思ったことや、想像したことや、見たような気がしたことなんかも、ぜんぶ思い出だからね。ここに来るたびに、まだ思い出していなかったことを思い出したりするんだよね。おとうさん、元気かなあって思うし。そういうのを喜びって言うんじゃないの。ときどき、思い出したくないことを思い出すこともあるけど」

錫ちゃん、きょうも、いままで思い出していなかったことを思い出すのだろうか。

ああ、疲れた。

霧雨がいつのまにか小雨に変わっていた。もっと強くなったら、物干しの下のあの穴に水が溜まるかな。早く帰って、水が溜まっているかどうか確かめたい。

わたしたちは橋を渡り終えた。

錐子おばさんの毛糸

錐子《きりこ》おばさんから手紙が来た。久しぶりだ。

おばさんはおじいさんと喧嘩をして以来、うちには姿を見せなかったし、手紙もくれなかった。おじいさんとの喧嘩の理由は些細なことで、三週間ぐらい前におばさんがうちに来たとき、おばさんの服装をおじいさんが笑ったのだ。

「おまえはチンドン屋になる気か」と、半そでTシャツに半ズボンのおじいさんは笑った。おじいさんは一年を通して、ほぼその恰好をしている。冬になって、外気温が零度近くなると、さすがにフリースのジャケットを羽織ったり、ハイソックスを履いたりすることはあるけれど。

おばさんはその言葉にかっとなって、「チンドン屋を侮辱するなんて最低」と言うなり、その日持参して、籠からテーブルに出したばかりの苺のパックをすぐまた籠に戻し、「ばかばかしい」という言葉を残して帰っていった。

「苺ぐらい置いていかんか。心根、まがっとるぞ」と、苺が好きなおじいさんが言ったときには、もう玄関ドアは閉まっていた。

　錐子おばさん、どうしてるかなと思っていたけれど、おばさんは携帯電話を持っていないし、家に電話も引いていないので、連絡しようがなかった。おばさんは携帯電話を軽蔑している、というか恐れている。ボタンを押すだけでいろんなものと繋がるなんて冗談じゃないわ、とおばさんは言う。だけど電話がなきゃ不便じゃん、とわたしが言っても、不便だと感じたことはないわね、と顎を反らした。

　おばさんは、どうも安易なものが嫌いらしい。テレビも安易、と言う。おばさんの家にはテレビもラジオもない。

　ゴミみたいな情報で頭をいっぱいにしたくないからね、とおばさんはきっぱり言う。

「こっちが知りたくもないことについて、まどろっこしくだらだら喋ってるのを聞く暇ないわよ。人生台無しになる」

　だから、わたしはめったにおばさんの家に行かない。テレビもラジオもなくて、どうやって気を紛らわせばいいかわかんないし、だからといって、退屈そうな顔をしているとおばさんに軽蔑されそうな気もして、いろいろ気を遣うから。

　どんな電話も持たないおばさんは、代わりに手紙を書く。毎日手紙が来ることもあるし、五日に一度のこともある。それ以上間があくと、具合でも悪くなったんじゃないかと心配になる。きょうは来るか、きょうは来るか、と待って、それでも手紙が来ないと、様子を見に行かざるを得ないのだけれど、行ってみると、おばさんは「手紙なんか書いてる暇がなかったの」とけろっとしている。

紫陽花の切手が貼られた封筒をあけると、一筆箋が二枚出てきた。おばさんは便箋は使わない。いつも一筆箋で、枚数は二枚ときまっている。どこで入手するのか、おばさんはたくさんの一筆箋を持っている。ピカソの絵が入った一筆箋、若冲《じゃくちゅう》や北斎、マチスにジャクソン・ポロックなどの絵画シリーズもあれば、ウサギや猫、犬にライオン、カバ、鯨などの動物シリーズ、厚さも色もさまざまな和紙シリーズ、それから花シリーズ、山シリーズ、灯台シリーズもある。

きょうの一筆箋はドアノーの子どもの写真だ。

くーちゃんの気持ちがあたしにはわかっています。くーちゃんはこのごろ、遠くの山を見ながら、どっかへ旅したいと思ってるんじゃないの。日本は小さい国だけど大きいよね。そういうことに気づくのはいいことだし、あたしもそういう旅ならお供します。

荷物は少な目に。迎えに行きます。

わたしを「くーちゃん」と呼ぶのは錐子おばさんだけだ。ドアノーの一筆箋を封筒に戻したとき、表で車のドアの閉まる音がした。手紙と一緒に着くなんて、まったく錐子おばさんらしい。

きょうの錐子おばさんの出で立ちは、スパンコールのいっぱいついた紫色のサマーセーターに、グレーとピンクのストライプ柄のニットパンツだった。セーターの胸元には大きいフリルが波打っている。

わたしはおじいさんがいないか、あたりを見回してから、そうだった、と思い出した。おじいさんはさっき、大根おろしが食べたくなったと言って、大根を買いに行ったのだった。おばさんのきょうのコーディネートを見ると、おじいさんはまた嫌味を言わずにはいられないだろう。留守でよかった。

おばさんは編み物が好きで、おばさんの服はほとんど自分で編んだものだ。しかも、おばさんの「好き」は普通の「好き」をはるかに超えていて、いつも何かを編んでいずにはいられないらしい。たえず編めるものはないかと探している。おばさんの家にはさまざまな色や太さの毛糸がぎっしり詰まった戸棚があるだけでなく、籠などを編む竹や、柳や、籐や、山ぶどうや、とうもろこしの皮などが太さ別、色別に分けられ、それを入れた箱が積みあげられている。ほかにもビニール紐や、針金や、ナイロン紐、ロープ、紙紐などが、これも色別、太さ別に整理され、箱に収まっている。麻や、絹や、綿の糸や紐もある。

おばさんは「一度、鯨の髭ってもんでバッグを作ってみたいなあ」と言っていた。壁には鯨の写真パネルが掛けられている。

ベッドカバーはもちろん、カーテンもカーペットも、玄関マットも、すべておばさんが編んだものだし、下着以外、おばさんが身につけるものはほとんどおばさんのお手製だ。ピアスも、ブレスレットも、ブックカバーも。

「行くわよ」

玄関に立ったまま、おばさんは言った。

「さっき手紙が届いたばかりなんだもん」とわたしは言う。

「そんな言い訳はいいから。車で待ってるから、十分で用意しなさい。言っとくけど、勉強道具なんて持ってくるんじゃないわよ」

そう言うと、おばさんは踵《きびす》を返し、玄関を出ていった。

勉強道具なんか持っていくわけないじゃん、と思いながら、着替えと、六百円入っている財布（おばさんが編んでくれた）をリュックに入れ、そうだ、と思いついて枕を取りあげた。それから台所に行って、テーブルに「おばさんとちょっと旅行に行ってきます」と書き置きし、冷蔵庫から炭酸水のペットボトルを一本取った。

おばさんの軽トラック・キャンピングカーは家の前に停まっていた。おばさんはどこに行くにもこのキャンピングカーで行く。軽トラに載っているキャビンは外せるはずなのに、おばさんは載せっぱなしにしている。スーパーはもちろん、市役所にも、病院にも、魚市場にも、毛糸屋にも、キャンピングカーで乗りつける。

おばさんは案の定、運転席で編み物をしていた。

助手席に乗り込みながら、「何を編んでるの」と聞くと、

「腹巻」

編み棒を動かしながら、おばさんはめずらしくはっきりと何を作っているかを答えた。目はあげない。おばさんはよくわからないものも作る。緑と赤の毛糸でくねくねした長いものを編んでいたとき、「それ、もしかして蛇」と聞いたら、「さあ。みたいなもんかな」と返事した。

白と黒の毛糸で丸くて四つの足らしいものと尻尾らしいものがついているものを編んでいたので、「それ、もしかしてパンダ」と聞いたときにも、「かな」と返事した。あとで家に行ってみると、それはベッドの枕の位置に置かれていた。枕が欲しかったのなら枕らしいものを編めばいいのに、と思ったが、言わなかった。前に、どう見ても毛糸の帽子にしか見えないものをティーポットのカバーにしていたので、「これ帽子だよね」と言うと、「ものの形ぐらい自由にさせてよ」と言われたからだ。

「どこに行くの」

「それはね、どこかよ。あと一段編むから、ちょっと待ってて」

おばさんは指にからませたオレンジ色と白色が混じった糸を、ものすごい速さで編み棒を前後させて編んでいく。

「何編んでるの」と聞くと、

「あ、そういうのは考えない、いちいち」と答え、あっという間に一段編み終えると、糸をくるくるっと編み棒に巻きつけ、それを編みかけの何かでくるんで脇に置いた。

「しゅっぱーつ」

エンジンがかかる。

道のむこうからおじいさんが歩いて帰ってきていた。

おばさんは車をスタートさせると、何か問いたげな顔をしてこっちを見ているおじいさんの横をスピードを緩めることなく通りすぎた。

おばさんは運転するときにはジャズを聴く。

「これ、エリック・ドルフィーだよね」と、遠くに見えている山の上の鉄塔を見ながら聞くと、

「あたり」と、おばさんは前を向いたまま答える。

だっておばさんが一番好きなプレイヤーだし、わたしの耳にはエリック・ドルフィーだ

ができている。

「いいよね、じつにいい」

おばさんは音楽に合わせて頭を小さく振りながら言う。

途中、コンビニでトイレを借り、夜のごはんだの飲み物だのを買ったあと、おばさんはただただ車を走らせた。

目を前の車にではなく、上のほうへ向けていると、だんだん遠くへ遠くへと向かっている気がしてきて、嬉しくなってくる。もしかしたら日本海側に行くのかもしれない、と考えたり、高原のオートキャンプ場かなと考えたりした。

「行先は決めたの」

暗くなってきたので聞くと、「ほぼ」とおばさんは答えた。ドルフィーの同じCDを繰り返し、もう六回は聴いている。

日が暮れたあともしばらく走って、やっとおばさんが車を停めたのは道の駅の駐車場だった。広い駐車場の端っこの、隣接する草ぼうぼうの空き地との境目あたりに。

おばさんは車から降りると、後ろのキャビンに行った。ドアをあけてなかに入ったのが音でわかった。わたしは助手席に残り、お腹が空いたのでおばさんがコンビニで買ってくれたゆでたまごを食べることにした。

駐車場に入ってくる車、出ていく車を見ながらゆでたまごを食べた。もう一つ食べたかったけれど、でもそれはおばさんのだから、と思いとどまり、それから、あれ、おばさん、何してるんだろ、と思った。

　車から降りて後ろに回ってみると、キャビンのドアは閉まっている。ノックしてみたが、返事がない。

　ドアをあけると、おばさんはソファベッドの上で眠っていた。

　呼ぶと、暗がりのなかで頭が動いて、「ああ」と返事が返ってきた。

「窓から月を見てると遠くまで来れた気がして、大きな丸いものに包まれているような気持ちになって、包まれたまま眠ってた」

　おばさんは起きあがると、「晩ごはん食べよ」と言った。

　キャビンいっぱいに広げたソファベッドの上で、わたしはコンビニで買った焼き肉弁当を食べた。

「前は、海のほうとか、ダム湖のキャンプ場とかに連れていってくれたのに、どうして道の駅なの」と聞くと、

「遊びと旅とは違うんだよね」とおばさんは言う。おばさんが手に持っているのは大きなおにぎり。

「前より小さくなってる」

　おにぎりを目の前にかざして言ってから、「わかる、くーちゃん」と言った。「切なさが

ないのは旅じゃないの」

わたしは首をかしげる。

小さいランプが一つだけ灯っているキャビンのなかで見るおばさんの顔はどこか憂いを帯びている。

おにぎりを食べ終えると、おばさんは棚から大きい袋を下ろした。

「旅人に挨拶を」

おばさんについて外に出た。


おばさんは周囲に停まっている車を、近づきすぎないようにして一台一台じっくり見て歩いてから、「あ、あれだ。まちがいない」と口のなかでつぶやくと、そちらに向かって歩いていった。

駐車場の隣の空き地に張りめぐらされている針金の柵ぎりぎりのところに停まっている小さめのワンボックスカーに近づくと、おばさんは窓をコンコンとノックした。

暗い車のなかには運転席に女の人、助手席に男の人がいて、女の人が怪訝《けげん》そうな顔でおばさんを見た。

「こんばんは」

おばさんが愛想のいい声で言った。

車の窓が少しだけあき、「なに」と女の人が言った。警戒しているのがわかる。

「ご旅行中ですか」

女の人は曖昧にうなずく。そのむこうから、男の人が「何の用事だ」と言った。たぶん二人とも五十歳とか、それぐらいの年だ。うちのおじいさんほどの年じゃないけれど、おばさんよりずっと上だ。

「ううん。特に用事はないの。お近づきになりたくて。あたしと、このおっちょこちょいの姪っこも旅行中なので」

そう言ってから、おばさんは提げてきた、それもきっと自分で編んだに違いないだんだら模様の袋に手を突っ込むと、毛糸で編んだものを摑み出した。

「どうぞ。あたしが編んだ腹巻です。腹巻、意外と役に立つのよ」と窓ごしに二人に見せた。

車の窓が大きくあいた。

おばさんは腹巻を二枚、女の人に手渡しながら、「もうどのくらい旅をしていらっしゃるの」と聞いた。

腹巻を受け取った女の人が男の人をふり向くと、「一年ちょっとだ」と男の人が答えた。

「あれがあんたの車か」と、おばさんのキャンピングカーを指差す。

おばさんはうなずきながら、「あたしもいつか、お二人のように車で旅しながら暮らしたいと思ってるんです」と言った。

「楽しいことばかりじゃないよ」と女の人は言う。

「だが、もう元の生活にゃ戻れないな」

男の人は手にした腹巻に目を近づけて言う。「川に行きたけりゃ川に行って魚を釣るし、山に行きたきゃ山に行ってキノコを採るし、月が見たけりゃ海辺に行くしな。人から見れば『家無し』だろうが、家なんて持たないに越したことはねえよ」

「そうです、そうです。ご夫婦で助けあって、いいですね」

おばさんは羨ましそうな声を出す。

「あんた、夫婦なんてね、きれいごとじゃやすまないよ」

女の人が鼻で笑った。

「なるほど、なるほど」

おばさんは嬉しそうな声を出す。

「逃げてるつもりだったが、いまとなっちゃ後には戻れないな。行くだけだ」

顎と鼻しか見えない男の人が言った。

「でしょうとも」

おばさんは深くうなずく。「で、これからどこへ」

「さあね。いま、それを話していたところ。二、三日ここにいて、そのあと、そうねえ本州の西の端まで行こうか、と」

そう言うと、女の人は窓を閉めた。

おばさんは手を肩まであげ、車から離れた。

「あの車も、たぶんそうよ」

言いながら、おばさんは少し離れた場所に停まっている乗用車のほうを顎で示して、そっちに近づいていく。

人影が見えないけど、と思っていたら、おばさんが窓をノックすると運転席に人が起きあがった。窓が開く。

「はい」

若い感じの男の人だけれど、顔じゅう髭が伸びていて、髪も伸びている。

「旅行中ですか」とおばさんは聞く。

「まあ、そんな感じかも」

おばさんは袋に手を突っ込み、毛糸で編んだものを取り出す。

「よかったら、これ使ってください。ひざ掛けだけど、大きいからタオルケットの代わりにもなります。あたしが編んだの」

「どうして」

男は頭をごしごし掻く。

「ただ、差しあげたいの。旅人に」

あ、まあ、と言いながら、男の人はひざ掛けを受け取った。

「いつから旅をなさってるの」

車のなかにはいろんなものがごちゃごちゃ積まれている。見えているだけでも、バッグや、箱や、タオルや、ふくらんだポリ袋がいくつか。

「もうだいぶたちますよ。半年かな」

「一人で」

「そう。会社をクビになって、アパートの荷物をぜんぶ実家に送ったあと、この車で実家に帰るつもりだったんだけど、ちょっと遠まわりしてみようか、と」

男の人は笑った。

おばさんも笑った。

「いいですね」

「そうでもないですよ。まあ金の使い方はだいぶ上手になったけど。切ってもいい縁は切っちゃったし」

うんうん、おばさんはうなずく。

「また人に会いたくなるまで旅をつづけようか、と」

「そうですか、そうですか」

おばさんは大きくうなずく。

「では、お気をつけてね」

おばさんは車から離れた。窓がすうっと閉まった。

それからおばさんは駐車場に停まっている車二、三台に近づいてみたあと、「今夜は二台だけだったね」と、自分のキャンピングカーへと引き返した。


「あしたの朝、この町に古くからある朝日湯っていう銭湯に寄ってから帰ろうね」

おばさんが編んだ毛糸の上掛けを掛け、ソファベッドに並んで寝て、おばさんが言った。

「あのね、旅なの、これ」

「大げさなもんだけが旅ってわけじゃないわ」

あくびをしながらおばさんは言う。「これでまた、あしたから制作に励める」

「こんどは何を編むつもりなの」

窓から月はもう見えなかったけれど、月明かりで雲はうっすら見えた。夜の雲はやさしい。

「大きな大きなものよ。空みたいに大きいけど空じゃない、もちろん。人間が編んだものが生きているものみたいに広がる空間。丸いものも編む。長いものも編む。細い糸でも編むし、太い糸でも編む」

「あ」とわたしは言った。「もしかして、展覧会をするの」

　おばさんは前に一度、大きな魚みたいなものや、屋根みたいなものや、滝みたいなものや、なにかわからないけど生きているものみたいに見えるものを部屋いっぱいに広げた展覧会をした。その部屋にいると、海の底にいるような、野っぱらにいるような気がした。風のようなものや、熱のようなものも感じた。展覧会場でそうおばさんに言うと、「よし」と言って、おばさんはわたしの頭を撫でたのだった。あれは二年ぐらい前だ。そのあと「展覧会なんて二度としたくない。だれかに見せようと思うと、どうしても雑念がわくから」と言っていた。気が変わったんだろうか。

「楽しみだね」と言うと、

「だれにも来てほしくないけど、来るなら来たでしょうがない」と言った。その声はでも、嬉しそうだった。

　おばさんは大きいあくびをした。

　わたしはふうっと息を吐いた。旅しているときの息だとわかった。

おばあさんの兎山

おばあさんが箪笥の前に座り込んでいる。おばあさんの周囲には衣類が積みあげられている。おばあさんは六段ある箪笥の引出しから、服をぜんぶ出したらしい。

なぜ、とわたしは聞いた。おばあさんは二週間前にも、箪笥のものをぜんぶ出して整理していた。

「シャツやズボンを、外出着と普段着とに分けて片づけたんだけども、さて何を着ようかと箪笥をあけたら、外出用と普段用との差がはっきりしなくて、どっちが外出着で、どっちが普段着だったかわからなくて、選ぶのにかえって時間を喰うのよ。だから、襟付きと襟なし、長袖と半袖、長ズボンと半ズボン、て具合に分けたほうが選びやすいだろうと思ってね」

ああ、なるほど。

おばあさんは半袖Ｔシャツを畳む。一枚、また一枚。サイズが大きいから、おじいさんのＴシャツだ。畳んだＴシャツは一番上の引き出しに収める。色褪《あ》せたＴシャツ、首まわりがよれよれになっているTシャツ。色も褪せてなくてよれよれにもなっていないTシャツ。そういうのを分けずに重ねていく。

「おじいさんはあと何年生きるつもりか知らないけど、こんだけのTシャツをどうするつもりなんだろうね」

おばあさんは「HEVEN」と胸に大きく書かれたTシャツを畳んで、箪笥に収めた。

「鯵」

隣の部屋からおじいさんの声がした。

「やれやれ」

おばあさんはよっこらしょと立ちあがり、階段をあがっていく。わたしもついて行く。ベランダに出ると、もの干しの端っこでブルーの干し網が風に揺れていた。干し網のなかには開いた鯵が身を上にして並べられている。

嫌だねえ。嫌だ、嫌だ。

言いながら、おばあさんはトングで鯵をひっくり返していく。素手ではやらない。魚の匂いが付くから。おばあさんは魚が嫌いだ。

けさ、鯵を買ってきたのはおじいさんで、それを開いて塩水に漬け、干し網に並べたのはおかあさん。おじいさんは干物が大好物で、朝一番にスーパーで鯵や、鯖や、鰯や、鰤を買ってきて、「干せ」と、おばあさんに言いつける。

おばあさんはまだ布団のなかで、薄目をあけておじいさんが差し出した魚の入ったポリ袋を嫌そうに見る。それから「こんな朝早くから、はた迷惑な」と、決まり文句を溜息まじりに言うと、寝がえりをうっておじいさんに背を向ける。おばあさんは朝早く起きられないのだ。いつも十時頃まで寝ている。それがわかっていながら、おじいさんは「起きろ。いつまで寝てる気か。目が腐るぞ」と、決まり文句で叱るのだ。おばあさんは目を固くつむって返事をしない。

おばあさんは魚だけでなく、肉も食べない。とてもじゃないけど怖くて食べられない、と言う。

「赤身だって。ふん、恐ろしいねえ。ああ嫌だ。脂身だって。よくまあ平気で口にできるもんだ」

わたしたちがしゃぶしゃぶを食べるそばで、おばあさんはあさってのほうを向いている。

鼻をつまんで鰺をひっくり返し終えると、おばあさんは遠く西のほうの山を見て、溜息を一つついた。それから、「あ、そうだ」と階段を下りていった。

ついて下りるわたしに、「釘ちゃん、手伝って」と言いながら勝手口に向かう。

裏庭のもの干しに洗濯ものが竿いっぱいに干されていた。

竿からシーツをはずしながら、

「いくらなんでも、こんなところに兎の穴を掘られたんじゃ、危なくってしょうがないよ」とおばあさんは言った。

前にわたしが掘った穴が空っぽのまま崩れかけていた。

「この前、あたしゃこの穴に片足落ちて、足首をくじいちゃったよ。釘ちゃんの兎を思う気持ちはありがたいけども」

わたしは穴の横にそのままになっていた盛土をつっかけを履いた足で穴に落とした。これ、兎穴じゃないんだけど、と言いたかったが、黙っていた。

おばあさんのあとから、わたしも洗濯物を抱えて家に入った。おばあさんはすぐに洗濯物を畳みはじめた。シーツを広げて、「そっちの端を持ってちょうだい」とわたしに言い、皺《しわ》を伸ばしながら手早く畳んだ。それからタオルを畳み、シャツや、ズボンや、パジャマを畳む。

「取り込んだあと、そのままにしておくと、皺になっちゃうでしょ」

おばあさんは畳むのがうまい。皺を伸ばしながら縫い目を合わせて形を整える。畳み終えたシャツはお店から買ってきたときのようにぴしっとしている。

なるほど、とわたしは言う。

隣の部屋から、「小鉄」と、おかあさんの叱る声が聞こえた。同時に「ぼくじゃない」という小鉄の声がした。

なに、なに、と行ってみると、さっきおばあさんが箪笥から出した衣類の山が崩れて、そこらじゅうにTシャツやズボンが散らばっている。

「おまえでなきゃ、だれがやったの」

「あのね」と言って小鉄はわたしを見て、わたしが怖い顔をしてみせると、「おばあちゃん」と言った。

「おばあちゃんがね、ジャンプしてた」

ほん。おかあさんは言って小鉄を捕まえようとしたが、小鉄は縁側から庭へジャンプして逃げていった。

たしかに、おばあさんはときどきジャンプする。だれも見ていないときに。というか、だれも見ていないとおばあさんが思っているだけなのだが、ソファからぴょんと飛んで下りたり、ソファにぴょんと飛びあがったりもする。いつだったか、一緒に買い物に行った帰りのバスでお金を払って降りるとき、おばあさんは降車口の段を飛ばしてジャンプしようとして、運転手にこっぴどく叱られていた。

まったく、もう。おかあさんは部屋じゅうに散らかった衣類を集め、畳みはじめた。襟付き襟なし関係なしに、畳んでは箪笥に放り込んでいく。

「わたしが死んだら、この家はどうなっちゃうの、まったく」

それはおかあさんの口癖だ。雨が降っているのに窓があけっぱなしになっていると、そう言う。「あたしが死んだら」と。その言葉を聞くと、小鉄はきまって「広くなる」と言うのだが、いまは小鉄は裸足でどっかへ行ってしまったので、

「みんなが悲しむよ」とわたしは言ってあげた。

おかあさんはわたしの顔をじっと見て、

「釘乃、安っぽい言葉を遣わないの」と言った。

おばあさんは、おかあさんが片づけた服をあしたになったらきっとまたぜんぶ出して、こんどはまた別の分別方法で片づけるんだろうな。というか、片づけはじめて、また途中で放り出して、それをまたおかあさんが片づけて、それだとおばあさんは気に入らないから、また出す。なんのために箪笥があるのかわからない。

たしかにおかあさんはいつも、おばあさんがやりかけて放り出したものの後片づけばかりしている。庭に花の種を蒔きかけて、途中で水撒きホースを買いに行ったきり戻らないおばあさんの代わりに、おかあさんは種を蒔く。窓ガラスを拭いていたかと思うと、おばあさんは途中でやめ、バケツも雑巾も放り出して庭の草むしりをはじめ、それも途中でやめて、近所の近山さんちの犬の散歩に行ってしまう。家のなかのどの部屋にも、おばあさんのやりかけのものが投げ出されている。書きかけの便箋と、数種類のサインペンと、切手。贈り物についてくるリボンが入った箱はひっくり返されたまま。雑誌から切り抜いた料理のレシピがあちこちに。ミシンには縫いかけのエプロンが挟まったままだ。

だからかな、とわたしは思う。銀一おじさんがこの家を出てミニマリストになったのは。どの部屋もごちゃごちゃしていることにうんざりしたのかもしれない。おじさんは「乱雑な部屋にいると脳のなかが清明に保てない」と言っていた。

おじいさんは晩ごはんに、焼いた鰺の干物を口に入れては「うまい」と唸っている。わたしも、おかあさんも、小鉄も鰺の干物を食べている。唸らず、黙って食べる。おばあさんは卵焼きと冷ややっこを食べている。

「こんどは、のどぐろの干したのをぜひとも食いたいもんだな」

おじいさんは言ったが、だれも返事をしない。

食事を終えたおじいさんはお茶をすすったあと、爪楊枝で歯を突きながらおばあさんのほうを向いて「耳かき」と言った。

おばあさんは塩昆布をごはんにのせ、箸ですくって口に入れようとしているところだった。おばあさんはおじいさんの言葉など耳に入らなかったかのように、塩昆布ののったごはんを口に入れ、ゆっくり嚙んだ。

「耳かき」

おじいさんがもう一度言った。

おばあさんはおじいさんのほうは見ずに、たくあんを一枚口に入れ、いい音をさせて咀《そ》嚼《しゃく》した。

「たくあんをぽりぽり音を立てて食うんじゃない。何度言ったらわかるんだ。結婚以来八百回以上は言っとる。それに、さっきからおれが言ってることが聞こえないのか。三度まで言わせるな」

「歯くそを取りながら、耳くそも取るなんて、いくらなんでもお行儀悪すぎます」とおばあさんは言った。「小鉄が見てます」

「口ごたえはいい加減にしろ。耳かきを取りに立ったら、ついでにきょうの新聞も持ってきてくれ」

おばあさんは急須を傾け、湯呑みにお茶を注ぐ。

「耳かきはペン立てのなかです。それから、わざわざ読まなきゃいけないほどの大した記事はきょうの新聞には載っちゃいません。戦争はつづいているし、賃金はどんどんさがってるし、食料自給率も下降しつづけているそうです。おまけに総理大臣が国民を舐めきった演説をした、と書いてありました。ね、世も末です」

「ばか。おぬしの読解力じゃ理解できないことが載ってたらどうする」

おばあさんはゆっくりお茶を飲む。

「おばあちゃんの卵焼き、ちょうだい」と小鉄が言った。

おばあさんのお皿に卵焼きが一切れ残っていた。

「『兎がすき』って三回言ったら、あげる」とおばあさんは言って、小鉄ににっこり笑いかけた。

「兎がすき、兎がすき、兎がすき」

小鉄は早口でそう言うと、箸を伸ばしておばあさんのお皿から卵焼きを取った。

「おぬしは孫の教育を何と心得とるんだ。小鉄は幼稚園じゃぼーっとして、何を教えようとしても関心を持たないらしいじゃないか」

「小鉄はかしこい子ですよ」とおばあさんは言った。「なんでも、ちゃんとわかってる」

小鉄は大きくうなずいた。

「ほら、ごらんなさい」

ええい、と、おじいさんは立ちあがると、爪楊枝をテーブルに投げ、自分で耳かきと新聞を取りに行った。

「おぬし、おれを何だと思ってるんだ。この家の主だぞ。この家がきょうまでやってこれたのはおれのおかげじゃないか。主を蔑ろにしてどうする気だ」

食卓を片づけはじめていたおかあさんが溜息をついた。

「わたしが死んだら、この家はどうなっちゃうの」

「広くなる」

すかさず小鉄が言った。

おかあさんはもう一度、溜息をついた。

「主、主って。そういう社会は、もう、とうに終わっちゃってるんですよ。そんなの、山の兎が聞いたら笑います」

おばあさんは言う。

「おぬしのたわ言を聞く耳は持たん」

おじいさんは耳かきを耳に突っ込むと、耳のなかをぐるぐる掻きまわした。

おばあさんの耳が赤くなっている。

「あさってにでも、あたしゃ、山の親戚に会いに行ってきますよ。長いこと会ってないし」とおばあさんは言った。

目もちょっと赤くなっている。おばあさんは兎系だから。

「好きにしろ」とおじいさんは言って、反対側の耳に耳かきを突っ込んだ。

おかあさんは大きな音を立ててお皿を重ね、流しに運んだ。

「ねえ、だれが悪いの」とわたしは言った。

「どいつもこいつもだ」とおじいさんは言った。

「ぼくじゃない」と小鉄は言った。

「わたし、もう死んでしまいたいくらい」と、食卓を拭きながらおかあさんは言った。

「たまには人間らしい言葉を聞きたいもんだ」とおばあさんは言う。

「やれやれ」とわたしは言って、天井を見た。天井には蜘蛛が一匹張りついていた。

おばあさん、ほんとに、あさって山に帰るつもりなのかな、とおばあさんを見ると、おばあさんは小鉄に向かって両目をまんなかに寄せていた。

「おいしい」と小鉄が言った。


おばあさんはたまに兎山に帰る。年に一度か二度。親戚に会いに、とおばあさんは言うけれど、その親戚というのがどうやら兎らしい。兎だからこそ、わかってくれることがあるのよ、とおばあさんは言う。

「山の兎に、おみやげは持っていくの」

尋ねると、おばあさんは大きくうなずいた。

「里帰りにおみやげはつきものだろ。クルミだの、蒸しパンだの、チーズだの、ジャム各種に、ワインも一瓶」

「山の兎は何でも食べるんだね」

「兎どんの作ってくれる兎餅はそりゃあ絶品よ」と、遠くの山のほうを見ながらおばあさんは答える。

「兎山に泊まるときは、どこで寝るの」

「大きな栢《かや》の木のうろだよ」

「うろで寝るのって、どんな感じなのかなあ」

ふふふ、とおばあさんは笑う。

「木の葉がふわふわに積もっている上で寝ると、あったかいよ。それに夜じゅう、いろんな音が聞こえていて、そりゃあ心地いいんだ。草が揺れる音、木の葉もさまざま音を立てるし。虫の音に、ときどき鹿の声も聞こえてくる」

わたしはうなずく。いつか、できることなら、おばあさんの兎山におばあさんと一緒に行ってみたい。そうおばあさんに言ったことがあるけれど、おばあさんは首を振った。いくら可愛い孫だからって、それはね、無理、と。

「兎も一緒に、うろのなかで眠るの」とわたしは聞く。

「そう。ククと、タタと、ササは、たいてい」

兎の親戚のなかでもククと、タタと、ササは、とくにおばあさんと仲がいいらしいけれど、遠い親戚なのか、近い親戚なのか、何度聞いてもよくわからない。

「ククと、タタと、ササと、寝るまでに何をしてるの」

「兎どんって、ああ見えて、お喋りが好きなのよ。みんないっぺんに喋りだすもんだから声がうろのなかにこだまして、何を言ってるのかわからない。でも、うん、うんって聞いてるよ」

兎って声帯がないんじゃなかったのかなあ。わたしは軒先にぶらさがっているガラスの風鈴をしばらく見つめてから、おばあさんを見た。おばあさんは微笑み返した。

「おばあさんも兎どんと話をするの」

「もちろんだよ。積もる話があるからねえ」

「わたしのことも話したりする」

「話すよ。可愛い、可愛い孫がいるんだよってね」

「可愛い、だけ」

「食べるのが速くて、早口ことばも言えて、でんぐりがえりも上手で、耳のいい子だよってね」

「ククって、どんなひと」

「ククはね、歌が上手いんだ、とびきり。高い声で『ふるさと』をうたうの。何べん聴いても、ククの『ふるさと』には涙が出ちゃうねえ。その歌声を聞きつけた兎どんたちがあっちの山、こっちの山からやって来るの。ぴょんぴょん跳ねて。熊笹のあいだから、つゆ草のあいだから、羊歯《しだ》のあいだから、わらわらと現れるんだよ」

「ふうん」

わたしは、兎たちに囲まれた古くて大きい栢の木のうろのなかで、兎が立ちあがって「ふるさと」をうたっている姿を思い浮かべる。するとその歌声が遠くどこかから、かすかに聞こえてくる気がして、すると、鼻の前を冷たい空気がさあっと流れた。

「じゃあ、タタはどんなことをするの」

「タタってね、笑いながら、あたしをくすぐるの。『葉菜《はな》ちゃん、体が硬くなってるよ。体が笑ってないよ』って」

わたしはちょっと笑う。そう、うちの家族でおばあさんの名前だけは植物系で、葉菜なのだ。

「じゃあ、ササはどんなことをするの」

「大きい目でわたしを見つめて、『葉菜ちゃんは悪くないよ』って言ってくれるの。あたしが『ああ、だめだ、だめだ、あたしゃいいことは一つもしてこなかった』って悔やんでばかりいるのを知ってるんだね」

「おばあさんは悔やんでるの」

わたしはそっとおばあさんの手を握った。血管が浮き出た骨ばった手。

「おじいさんに辛くあたるからね」

「だって、おじいさん、いっつもおばあさんにガミガミ言ってるじゃん。だれだって嫌になるよ」とわたしは言った。

「おじいさんのあれは気晴らしみたいなもんだからね。気を晴らさずにゃいられない人生だったんだよ」

「そんなの、男の横暴じゃん」

「だれだって自分の芯棒がいるんだよ。つまんない芯棒だとしてもね」

「封建的だよ」

おばあさんはわたしの顔を見た。

「そうかもしれないね。だけど世のなかにはね、きれいごと並べて、わかったようなことを言う見かけだおしの男がごまんといるんだよ。そんな男にかぎって、一皮むいたら、ただの見栄っ張り男だったっていう話はそこらにごろごろしてるの。それに比べりゃわかりやすいからね。おじいさんなんて、どこを切ってもあの調子。だとしてもだよ、主、主って、あれだけ主風吹かされちゃ、さすがに聞いていられないからね。こっちだってむかっ腹たつから、あたしゃ兎山に里帰り」

「いいなあ、兎山があって」

「兎どんたちが待っててくれるからね」

ベランダにおばあさんと並んで立って、遠く、西のほうに青くかすんでいる山を見た。おばあさんの兎山はあのあたりだろうか。

そっとおばあさんを見ると、おばあさんは涼しい顔をして青い山を見ていた。

小鉄の白

目を醒ますと、目の前に小鉄の顔があった。くっつかんばかりの近さに。

「おはよう」わたしは言った。

「死んでたの」

小鉄の口から甘いキャンディーの匂いがする。

「眠ってただけ」

「眠ってるとき、死んでるの」

わたしは両手で小鉄の顔を挟んでどかし、ベッドに起きあがった。小鉄とわたしは同じ部屋で寝ている。

「ちょっと死んでた気もするけど、ほら、いまは生きてるよ」

「よかった」

小鉄はにっこり笑った。

「小鉄、いそいで着替えたほうがいいよ。幼稚園、行くんでしょ」

わたしはベッドから出て、水色のTシャツと緑色のハーフパンツに着替えた。

「行かなきゃいけないの」

小鉄はパジャマのボタンをいじくっている。

「そうだよ、たぶん」

「おねえちゃんは学校に行きたいの」

「行きたくない。けど、行く」

「どうして」

「とりあえず、だよ。ね、小鉄もとりあえず幼稚園に行きなよ」

「とりあえず、って、どういう意味」

「考えすぎるとごちゃごちゃしてめんどうなことになるから、考えるのをやめる、ってこと」

「おばあちゃんはいつも『よく考えなさい』って言うよ」

「ほら、もうすぐ幼稚園バスが迎えに来るよ」

わたしは小鉄のパジャマを脱がして服を着せ、その上から幼稚園の青いスモックを着せる。

「ぼく、これ嫌い」

「なんとなく、わかる」

「バカな子どもみたいに見えるから」

わたしは小鉄の幼稚園バッグと、自分のランドセルと、体操着が入っている手提げを持って部屋を出た。小鉄が後ろからいかにも嫌そうな足取りで階段を下りてくる。


朝ごはんを食べ終えると、小鉄を連れて家を出た。道をまがってすぐのペンキ屋の前に幼稚園バスは止まる。わたしは毎朝、バスから降りてきた幼稚園の先生に小鉄を預けてから、走って学校に向かう。たいていぎりぎりで、わたしが運動場にすべり込むのを見計らっているかのように始業チャイムは鳴りはじめる。バスが遅れたりすると、遅刻する。週に二回は遅刻している。

幼稚園バスはなかなかやって来ない。きょうも遅刻か、と思いながら、だからといって焦る気持ちもわかないまま、ほかに見るところもないので道のむこうのタコ焼き屋の看板のタコを見ている。


バスは現れない。

「小鉄はどうして幼稚園に行くのが嫌なの」

「だってね」と言ってから、小鉄は空のほうに顔を向け、首を右に、それから左にまげた。

「音くんがね、ぼくの耳に口をくっつけて大きい声で歌をうたうんだよ。頭ががんがん痛くなって、鯨になったみたいな気がするから」

「音くんがうたうのは鯨の歌なの」

「そう。鯨の子どもが十三匹いるっていう歌」

「ふーん、十三匹か。大家族だね。あ、鯨はね、匹じゃないよ。頭って数えるの」

「どうして」

「鯨は哺乳類だからじゃないの」

わたしは子だくさんの鯨一家が海中で輪になっているところを想像しながら言う。

「なに、それ」

「小鉄もわたしも哺乳類なんだよ」

「ふうん。鯨の仲間なんだね。ぼく、音くんに教えてあげるよ」

「音くんに、小さい声でうたってって、お願いすればいいんじゃないの」

「だってね、そう言ったら、きっと音くん、ほかの子のところに行って、その子の耳に口をくっつけて大声でうたうよ」

「その友だちのために、小鉄は犠牲になってるんだね」

「犠牲って」

「うーん」

首を捻《ひね》ったら道のむこうから幼稚園バスがやってきているのが見えた。前面がパンダの顔になっているバスだ。

「パンダ、来たよ」と小鉄に言うと、
「ぼく、馬がいいんだけどね」と、小鉄は憂鬱そうな顔で言った。

三時間目と四時間目は運動会の練習だった。うんざりだった。一体何のために、みんなで繰り返し同じ競技の練習をしなきゃいけないのかがわかんない。見物人に、ほら子どもたちは学校でよく教育されていますよ、ってところを見せたいんだろうけど、何度もやってると、かえって運動会当日にはもう飽き飽きしちゃって、本気で走ったり大声出したりする気力は失せてる気がする。演技してるみたいになるんじゃないかな。練習なんかせずに、競技のルールだけ教えてくれたら当日は、ここ一番で、みんな本気を出すと思う。

最初は綱引きの練習だった。わたしはロープの尻尾のほうにしゃがんだ。ピーッと笛が鳴ると、みんなお尻を浮かせてロープを引っ張りはじめた。六年生の応援団の人が赤い旗（わたしは赤組なのだ）を大きく振りはじめた。ずるずるとロープは前のほうに引っ張られ、それから少しすると、こっちのほうへ引き戻される。わたしはロープを握りもしなかった。よいしょ、よいしょ。みんなは引きずられたり、引き戻したりしながら声をあげている。がんばれ、がんばれ、応援団の上級生も声をあげる。

担任の雨家先生が見まわりに来た。わたしはそっとロープに手を添える。先生のほうは見ないようにして。

笛が鳴って、「そこまで」と晴山先生が叫んだ。綱引きの練習はこれで三度目だ。この競技の何が面白いのかを思い出そうとしたけど、思い出せなかった。

「白の勝ち」晴山先生は高らかに言った。

むこう側の白組の子たちが万歳をした。

大玉転がしのときも、わたしはほとんど赤い大玉に触らなかった。運動場のむこうに立っている旗の付いたポールまで玉を転がしていき、そこを回って戻る、というだけの競技にも飽き飽きしていた。

わたしは玉を必死で転がしている四人の後ろをのろのろ歩いた。

「早く、早く」

白線のむこうで待機しているつぎの五人が大声をあげながら、手招きしている。赤玉は白玉にだいぶリードされていた。参加しないでいると気持ちはどんどん離れて、こんなこと何が面白いんだろう、とわからなくなる。もう飽きた、完全に。運動会の日にいきなりやるほうがぜったい面白いのに。玉を転がす練習なんて、ほんとに必要なの。

徒競走のときも、のろのろ走った。もちろんビリ。こんなただの練習に全力出すほうがどうかしてる。疲れるだけじゃん。そう思ってたのに、騎馬戦だけはついつい本気を出してしまった。わたしは馬の上に乗る役だった。というのも馬になった三人は、クラスで一番目と二番目と三番目に力が強くて、足も速い人たちだったからだ。その三人がすごい勢いで敵を追いかけ回しはじめたのだ。その勢いに乗せられて、ぶつかった相手の帽子を奪い取り、取るだけじゃなくて、相手を倒したりもした。あっという間にわたしたちは白い帽子を五つ奪い取った。騎馬戦は赤組が勝った。

給食のあと、雨家先生に呼ばれた。

「どうして、みんなと息を合わせて本気でやれないの」と先生は言った。

「息なんて、合わせられるものなんですか」

先生の机の前でわたしは言う。

先生は縁なし眼鏡ごしにわたしを見あげ、

「見ていたのよ。あなた、綱引きのときも、玉転がしのときも、完全にさぼってたでしょ」

と言う。

「運動会ではさぼりませんよ」

「晴山先生も見てらっしゃったのよ、あなたの不真面目な態度を」

男の晴山先生は隣のクラスの担任だ。練習のあいだじゅう、笛を吹いたり運動場じゅう駆け回って、大声で「がんばれ」と叫んでいた。

わたしは雨家先生と晴山先生がデートしているところを見たことがある。一度だけ。川のそばのパラダイスという喫茶店で。窓辺の席で二人は向かい合っていた。二人とも楽しそうに笑いながら、フルーツがあふれんばかりにのっているパフェを食べていた。

パラダイスは古道具屋蕨の隣で、銀一おじさんと蕨に行ったときに、通りがかりに見たのだ。二人はデートしていたわけじゃなかったのかもしれないけど、雨宮先生はいつもの縁なし眼鏡じゃなくてオレンジ色の縁の眼鏡をかけていたし、黄色い玉が連なっているネックレスをしていた。

「晴山先生が、ですか」と言ってから、わたしは思わずふふっと笑った。

クラスのほかの子も、晴山先生と雨家先生はあやしい、と噂している。あやしいってどういうことかを、ちゃんとわかっている子がいるのかどうかわからないけれど、わたしたちはそういう噂をしたがる年頃なのだ。

「何がおかしいの」

雨家先生はむっとした顔で言った。

「特に何も」わたしは言う。

「そういう、大人を小馬鹿にしたような態度ばかり取っているようでは、一度、お家の方に来ていただかなくてはなりませんね」

わたしは首をかしげた。

「うちの家族で、学校に来てくれそうなのはおじいさんぐらいです」

おじいさんの八の字が逆さまになっているような眉毛を思い浮かべながら、言った。おかあさんも、おばあさんも学校のことなんか関心を持っていない。二人とも、きっと「お嫌だ」と言うに決まってる。おじいさんだけは「こと」があると、すぐに顔を出したがる。

「いずれ、お手紙を書きましょう」

怒っているようにしか見えないおじいさんの顔を知らない先生はさらに何か言いかけたが、でも何も言わずに息をのみ込み、むこうに行くよう、手を振った。


家に帰ると、もう小鉄は幼稚園から帰っていた。青いスモックは脱いでいる。

「幼稚園、どうだった」

「いろいろ」と小鉄は言った。

小鉄はクルミをクルミ割り器に挟んで割ろうとしていた。だけど、小鉄の力ではとてもクルミは割れない。

貸して、とクルミ割り器を小鉄の手から取りあげると、両手で力まかせに握り込んだ。大きい音を立ててクルミの殻が割れた。

小鉄は手を叩いた。

「早く大きくなりたいな。そしたらクルミを自分で割れるから」

「大きくなる目的がクルミ割りなの」

「え。ほかに、何かあるの」

「あるよ、たぶん。幼稚園で、きょうも音くんに耳のそばで大声でうたわれたの」

「うたいそうになったから、ぼく、音くんの口を手で押さえた」

「あ、そういう手があったね。それで、音くん、どうしたの」

「ちょっと泣いたよ。歌が喉に詰まって死んじゃう、って言って。そしたら先生が背中をぽんと叩いたの。そのとたん、音くんの口から『ばびぶべぼ』って音が落ちた」

「ふうん。よかったね。ばびぶべぼが落ちれば、もう大丈夫だよ。ほかには何かあった」

「白い金魚が死んじゃったの」

「どうして」と、いちおう聞いてみる。

　この前は、たしか保育園に白いイタチがいたと言っていた。その前は、白い郵便配達が白いバイクで来た、と言っていた。

「大きくなりすぎて。金魚鉢いっぱいぐらいに大きくなって、でも、大きくなりすぎてて、だれも出してあげられなかったの」

「それは自殺みたいなもんかな」

「自殺って」

「自分で自分を殺すことなんだけど、金魚、何か悩みがあったのかな」

「わかんないよ。みんな、かわいがったよ。餌をいっぱいあげたよ」

「あ、それかも、死因は。自殺じゃなくて、他殺だったか。いろいろあるね、幼稚園も」

「先生に叱られたの」

「どうして」

「あのね、道くんがね、ぼくに『二本足で歩くの禁止』って言ったから、ぼく犬みたいに歩いたんだ」

「ええっ。ひどいね。ずっと、そうやってたの」

「うん。ときどき蛇みたいになって歩いてたら、先生が『まだお昼寝の時間じゃありませんよ。勝手に寝ちゃだめ』って」

わたしは笑った。

クルミを食べ終えた小鉄は、「ぼく、ちょっと行ってきます」と玄関に向かった。

「どこに行くの」

「行かなきゃなんないの」と靴を履く。

「わたしも一緒に行ってもいい」

小鉄はわたしを見返し、首をかしげてから、「たぶんいいと思う」と答えた。

小鉄が入っていったのは、白い漆喰《しっくい》塀の内側に無花果の木が二本立っている元々《もともと》さんの家だった。

元々さんは、昔、バレエ教室の先生だったらしい。背が高くて、ものすごく痩せていて、たいそう姿勢がいい。白い髪を長く伸ばし、白縁の眼鏡をかけ、白子という名前の白猫を飼っている。白い猫に白いリードをつけて元々さんが散歩させている姿を何度か見たことがある。

なるほど、白ね、とわたしは思った。小鉄は白好きだ。

「そろそろ来てくれる頃だと思ったわ」

白いブラウスを着た元々さんは言いながら、わたしを怪しむように見た。

「こんにちは。ついて来ちゃいました」とわたしは言った。

「そう。約束にはなかったけど、ま、いいわよ。どうぞおあがんなさい」と元々さんは言って、わたしにも白いスリッパを出してくれた。

元々さんは小鉄とわたしをカルピスとバニラアイスクリームでもてなしてくれた。

「小鉄、きょうは何がしたいの」と元々さんは聞いた。

え、呼び捨てですか、と思って、思わず元々さんの顔を見ると、平然としている。

「あのね、テレビ。ママ」と、これまた小鉄も平然と答える。ママ、ですか。

元々さんは白いリモコンをさっと取りあげ、テレビをつけた。

小鉄はテレビのまん前に座って、ニュースを見はじめた。家でも、小鉄はニュースをよく見る。

「世界情勢とか、わかるの」と聞くと、

「あのね、このアナウンサーは一つのニュースを言うあいだ、机の紙を一回しか見なかったよ」と答えた。

「夕方のニュースのアナウンサーは九回も見るんだよ。一回しか見なくても、九回も見ても、もらうお金は同じなのかな」と、おじいさんに聞いていた。

おじいさんは「どっちにしても給料泥棒だ」と答えた。

「あなた、きょう、馬に乗ったでしょ」と元々さんはわたしに言った。

「馬ですか」

わたしは思わず考えてしまった。馬に会ったような気がしたからで、でもよく考えるとそれは気のせいで、動物らしいものを目にしたのはパンダ顔の幼稚園バスだけだった。

「ニセパンダは見ました」

元々さんは首を振った。

「馬に乗って走り回ったはずよ。あなたの筋肉がそう言ってる」

わたしは自分の腕を見て、それからハーフパンツから出ているひざを見た。

「あ」とわたしは言った。「乗りました。騎馬戦で」

たしかに、わたしは三人の馬に乗った。

「やっぱり」

嬉しそうに元々さんはうなずいた。

「筋肉は嘘をつかないの」

わたしはもう一度自分の細い腕を見た。筋肉らしいものは見あたらない。

「馬に乗ると全身の筋肉を使うから、ぜひ、これからも馬に乗りなさいね」

「はあ」

運動会のときにもう一度乗るのは確実だけど、そのあと、あの三人にまた乗る機会があるかなあ。まして本物の馬なんて。考えてみたら、生まれてから一度か二度しか本物の馬を見たことがない。

「ママ、白子の散歩に行かないの」

小鉄がふり返って言った。ニュースは終わり、歌の番組が始まっていた。いつのまにか小鉄の膝の上で白子が丸くなっている。

「そうね。じゃ、行きましょう」

元々さんはすっと立ちあがった。その姿がもうバレリーナだった。

わたしたちは白子を連れて散歩に出た。

元々さんは歩き方も美しい。白子がのろのろ歩いたり、すすすっと小走りになるのに合わせて、足をすっと自然に前に出して軽やかに体重移動させる。上半身は動かさず、背筋がまっすぐ伸びている。

その横で、わたしはどたどた歩き、小鉄は何かに見とれて立ち止まったり、「ママ、待って」と言いながら、走ってわたしたちに追いついてきたりした。

「バレエって、楽しいんですか」

「もちろん。もちろん楽しいし、苦しいわ」

顎を反らして元々さんは答える。

「どうして小鉄は元々さんのことをママって呼ぶんですか」

「呼んでって頼んでるからよ」

わたしはうなずく。それから三歩ほど歩いて「それはなぜですか」と聞いた。

「そういうお約束なの。週二回、わたしの子どもになりに来てくれるの」

「は」

「だって、ずっと白子と二人暮らしじゃ飽きるでしょ」

「えーと、それって、ごっこ、みたいなもんですか」

元々さんはわたしを見た。

「ごっこ、ね。そうね。そう言ったほうがいいわね。ボランティアって言われるより」

元々さんは小さく笑った。

「小鉄、待ちなさい。転んじゃうわよ」

元々さんは、先を走っていく小鉄を母親っぽい声で呼んだ。うちのおかあさんより、ずっと、なんていうか慈愛に満ちている。

「はーい」

小鉄は立ち止まるとふり返り、にっこり笑った。

白子がしゃがみ込んで、動かなくなった。

「そろそろ帰りましょう。白子が帰りたがってるわ。ね、こうしてわたしは白子を助け、小鉄はわたしを助けてくれるってわけ。理にかなってるでしょ」

元々さんは優雅な手つきで白子を抱きあげた。

元々さんの家の前で、わたしと小鉄はさよならを言った。

「じゃあまた、金曜日あたりにね」と元々さんは言った。

小鉄は丁寧に頭をさげた。

帰り道で小鉄に、ああいうこと、楽しいの、と尋ねた。

「だってね、ぼく、よそのおうちの子どもになってみたいって、ずっと思ってたの。ぼくんちの子どもでずっといるのって飽きちゃうんだもん。それに、ママはいつもカルピスを飲ませてくれるから。それから白子がね、また来てね、待ってるよ、って言うからね。白子もときどき猫に飽きるんだって。ずうっと猫でいるのってつまんないんだって。ぼくもずうっとうちの子どもでいるのってつまんないからね。だからぼく、白子を撫でるとき、いい白いカバさんだね、って言ってあげるんだよ。そしたら、白子、喜ぶんだ。白子も喜ぶし、ママも喜ぶから、だから行くの」

「あの家を出たら、元々さんのことをママって呼ぶのはやめなさい」

わたしが言うと、小鉄は首をすくめ、スキップしながら先に帰っていった。

おじいさんの金色ソックス

「くもりがまったくないグラスに水二杯」

ソファのおじいさんが言った。

「グラスはいつもきれいです」とおかあさんは言う。

「この前、布巾の糸屑がついておった。早く」

おかあさんは、水をあふれんばかりに注いだグラスを二つ、おじいさんの前のテーブルに置く。

「よろしい」

おじいさんはグラスを取りあげると一息に飲み干し、つづけてもう一杯、水を飲んだ。

毎朝のことだ。おじいさんは朝ごはんの前に、まず水を二杯飲む。

おじいさんの朝ごはんは目玉焼きと、トーストを一枚、それに紅茶と、季節の果物を一つ、と決まっている。「朝の果物は金、昼の果物は銀、夜の果物は銅。先祖から伝わる家訓である。忘れるな」と、果物を食べるたびに、つまり毎朝、おじいさんは言う。でもおじいさんのほかに、朝、果物を食べる者はいない。おじいさんはけさはバナナを一本食べた。

食事がすむと、庭に出て体操をする。腕をぐるぐる回し、胴を捻《ひね》り、体を前に倒し、後ろに反らす。それから屈伸をし、腰を落として片足ずつ腱《けん》を伸ばす。最後に両手を大きく広げ、空に向かって「アーアー」と声を発する。

体操が終わると塀のところへ行き、塀の内側に立って通行人を待ち受ける。そしてだれかが通りかかるたび、「おはよう」と、怒鳴り声にしか聞こえない声を投げつける。知っている人だろうが知らない人だろうが、おかまいなしに。

おじいさんのこの毎朝の習慣を知っている人は、小さい声で挨拶を返すか、笑って頭をちょっとさげるかして通り過ぎる。

けれど初めての人はいきなりの怒鳴り声にびっくりする。うわっと、飛びのく人もいるし、駆けだす人もいる。小学校低学年の子どもなんかだと、叱られたのかと思って怯え顔で首をちぢめ、「ごめんなさい」と謝ったりする。なかには泣きだす子までいる。

そういうのを見ると、おじいさんは、わっはっは、と満足げに笑う。

やがて通行人がまばらになってくると、スーパーに向かう。新鮮な魚を求めて。スーパーではかなり長い時間、鮮魚売り場に留まっている。

干物にして美味そうなのはどの魚かと吟味に吟味を重ねるのだ。たいていは鰺か、鯖か、鰯あたりを買って帰ってくるのだけれど、ときどきどうしても財布の中身に釣り合う魚が見つからないこともあって、そういうときはあきれている鮮魚売り場の店員を尻目に、魚の代わりに激辛のソーセージを一袋買って帰ってくる。

「どうしていつも激辛なの」とわたしが言うと、

「ふぉふぉ。おまえらに食われないようにな」と勝ち誇ったように言って、唐辛子の絵が描かれている袋を破り、なかから赤いミニソーセージを一つ取り出して口に入れる。

「辛いの」と小鉄が聞く。

「死ぬほど辛いさ。だが、死にはせん」

おじいさんは、はーっと息を吐く。

首を伸ばしてその匂いを嗅いでから、「おじいさんは正しい人なの」と小鉄は聞いた。

「そうでもないな」

「間違ったこともしたの」とわたしは聞いた。

「したさ」とおじいさんは答える。

「どんなこと」

小鉄とわたしは同時に聞いた。

「人殺しはしちゃおらんよ」とおじいさんは言った。

「だろうね」とわたしは言う。

「銀行強盗もしちゃおらん」

「銀行強盗って」と小鉄は聞く。

「銀行にピストルを持って入っていって、お金を盗むの」とわたしは言う。

「ピストル、ほしい」と小鉄は言う。「ピストルって、高いの」

「そういう問題じゃない。それに、わしは交通違反だって一度もしちゃおらん」

「だって、おじいさんは運転免許証を持ったことがないんでしょ」

「ない。無駄なことは大嫌いだ」

「じゃあ、間違ったことなんてしてないじゃない」

おじいさんはわたしをぎろっと睨んでから、ふり返ってテレビの横の金三郎を見た。

金三郎は昔、家で飼っていた猫で、いまでは剝製となっている。元は白猫だったらしいが剝製になってから十年近くたつそうで、いまやその毛はすっかり灰色で、艶も失くなっている。あちこち毛が抜け落ちて小さなハゲもできているし、元は水色だったらしい義眼もいまでは色が褪《あ》せ、ぼやけた色となっている。家に何枚か残っている生きていたときのかわいい金三郎の写真とは比べようもないほど、みすぼらしい姿となっている。

おじいさんは生きていた金三郎をとてもかわいがっていたらしい。朝晩、毛をブラッシングしてやり、爪も切ってやり、耳垢も取ってやり、夜は一緒に寝ていたらしい。金三郎は十九年生きたあと、わたしが生まれた年に死んだそうだ。だから、おじいさんはわたしに、金三郎から一字取って「金花」という名前をつけたがったという。おかあさんが、そんな名前じゃ強さがたりませんよ、と断固反対して、釘乃になったけれど、わたしは金花のほうが派手だし、金持ちっぽくてよかったのに、と、いまでも思っている。

「金三郎は注射が嫌いだったのに、おれは毎年病院に連れていって、本人の意向おかまいなしに予防注射を打たせたし、死ぬ前には、あれほど嫌がっていた点滴まで医者に打たせた。ヤブ医者の言いなりになって。ありゃあ間違ったことだった。寿命を無視して、金三郎を苦しめただけだった」

「そういうの、仕方ないよ。ね、病気だったんでしょ」

わたしはおじいさんをなぐさめたくて、言った。

「仕方ない、という言葉の無責任さがわかっとらんな。釘乃は小学校で何を習っとるんだ」

小鉄は金三郎のそばに行き、背中を撫でた。

「ぼく、生きてる猫がいい」

「だめだ。何度言ったらわかるんだ。動物は二度と飼ってはならん。飼えば、必ず悔やむことになる。この家訓を忘れるな」

小鉄は両手で金三郎を抱えようとした。そのとたん、金三郎の脇のところの毛がずぼっと抜けた。

「おぬし、何をした」

そう言っておじいさんが立ちあがったときには、小鉄はすでに金三郎を投げだして裸足のまま庭に飛び出していた。

おじいさんは金三郎を抱えあげてテレビの横に戻してから、「哀れなことだ」と言った。

「おじいさん、金三郎ちゃんにしたことのほかに、どんな間違ったことをしたの」

「意味もなく他人の話に口を挟んで、中断させたこともある」

「ふーん」

わたしはあまりの問題の小ささにがっかりした。もっと大きい間違いを期待していたのに。

「ほかには」

「いろいろだ」

「たとえば」

「そういった『昼ごはん、何食べる』みたいな気軽な口調で聞かれて、自分の犯した罪を告白する奴などおらん」

「罪なの」

「罪を犯さない人間など、おらん」

わたしは自分の犯した罪について、ちょっと考えてみた。「うわっ」と、思わずわたしの口から声が出た。おじいさんには聞こえないくらいの小さい声だったのに、おじいさんの耳には届いていた。おじいさんは地獄耳を誇っている。

「ほらみろ。そもそも、人間は同じ過ちを繰り返すんだ。そういうもんだ」

おじいさんは勝ち誇ったように笑った。

銀一おじさんが婚約者を連れてきたのは、第三土曜日の夕方だった。

銀一おじさんが婚約者を連れてくることがわかると、おかあさんは家じゅうの掃除をはじめた。箪笥のまわりに散らばっている衣類を箪笥にぎゅうぎゅう押し込み、おばあさんが出しっぱなしにしている便箋や、切手や、リボンや、ミシンなどはぜんぶ二階に持っていき、金三郎の上にみかん色のスカーフを掛けて見えなくした。古ぼけた剥製の猫を見た人はたいてい気味悪がるからだ。

食卓の下に押し込まれていた紙袋は紙袋ごと捨て、小鉄がどこかから拾い集めてきた石や、何かの蓋や、陶器の破片などは、まとめて勝手口から外に出した。そのあとも玄関の三和土《たたき》を磨き、窓ガラスを磨き、電気の笠の埃を払い、ソファの隙間に挟まっていたヘアピンや、ソーセージの包み紙や、消しゴムなどをほじくり出し、家じゅうに二度掃除機をかけた。そしてそのあとで、丸一日おかあさんは寝込んだ。

五時ちょうどに、玄関に銀一おじさんと婚約者が現れた。

頑丈そうな体つきの婚約者はボルトとナット柄のワンピースを着て、大きいエコバッグを提げ、金鍔《きんつば》の包みを胸に抱えていた。

「太刀川百合と申します」と、婚約者は光るような声で挨拶した。

「惜しい」とおじいさんは言った。「苗字は言うことなしだが、名前がなあ。せめて針か、捻子《ねじ》くらいだったら言うことなしだったんだが」

「初めてお会いしたよそさまのお名前を、いいの悪いの言うのは失礼ですよ」

おばあさんは言って、太刀川さんにお茶をすすめた。お土産にもらった金鍔を二つのせた菓子皿も一緒に。

太刀川さんはお辞儀をして、音を立てずにお茶を飲んだが、金鍔には手をつけなかった。

「だめ」とわたしは小鉄に言った。

小鉄が自分の金鍔を食べ終えて、太刀川さんの前の手つかずの金鍔をじっと見つめていたからだ。

「で」とおじいさんは言った。「何の仕事をしておるのかね」

太刀川さんは、肉屋で働いています、と答えた。コロッケを揚げるのがわたしの仕事です、と。

「毎日、二百個、コロッケを揚げます」

太刀川さんはにっこり笑った。

たしかに太刀川さんはおいしいそうないい匂いを纏《まと》っていた。太刀川さんが部屋に入ってきたときから、その匂いがじわじわ部屋に広がっていた。おいしそうな匂いはコロッケの匂いだったのだ。

「ああ、コロッケ」と小鉄が言った。

たぶん部屋にいる太刀川さん以外の全員が揚げたてのコロッケを思い浮かべたと思う。

「金属関係の仕事に就こうとは思わなかったのかね」

おじいさんが言うと、おばあさんが鋭い目でおじいさんを見た。

「よそさまのお仕事について、いいの悪いの言うのは失礼すぎます」

おじいさんのおとうさんは鍛冶屋をやっていたそうだ。おじいさんも跡を継いで十五年ほど鍛冶屋をやっていたそうだが、次第に仕事が少なくなったため泣く泣く店を畳み、製鉄所で働きはじめた。それはおばあさんから聞いた話だ。「おじいさんは愚痴も言わずに、製鉄所で一心に鉄を溶かしつづけたんだよ。鋼って名まえに恥じないようにね」と。

「それにつけても、どうしてこんな稼ぎもない銀一と結婚する気になったのかね」

おじいさんはいつものようにまっすぐに背筋を伸ばし、まっすぐに相手を見据えて言った。

「海です」と太刀川さんは言って、またにっこり笑った。

太刀川さんと並んで座っている銀一おじさんもにっこり笑って、うなずいた。

「はっ」と、おじいさんは鼻と口から息を吐いた。

「広い海のただなかにあるのが日本列島だ。そこらじゅうが海じゃないか。あんまりありふれてて、聞いてて恥ずかしい。中学生じゃあるまいし」

「男と女の出会いなんて、ありふれたもんですよ」とおばあさんが言う。

「おぬし。さっきから、わしの言うことにいちいち水を差すが、口数が多すぎるぞ。一家の主が、おぬしらを代表して大事な問題を明らかにしようとしておるんじゃないか」

おばあさんは眉毛をつりあげ、「海はいつ行っても心が洗われますよ」と、太刀川さんに加勢した。

「黙れ。心が洗われるだの、癒されるだの、ありふれすぎて臍《へそ》が痛くなるわ」

「砂浜で銀一さんに会ったんです。並んで水平線を眺めていたら、銀一さんが『水平線は見えている気がするけど、水平線は存在しないでしょう。水平線にたどり着くことはできない』って、おっしゃったんです。ああ、ほんとにそうだ、と思って、わたし、銀一さんを好きになりました」

「はっ」とおじいさんが吠えた。手で顔を掻きむしり、それからまた「はっ」と、思いきり大きい声を出した。

わたしは水平線を思い浮かべてみようとしたけれど、ぼやぼやとしか思い浮かべられなかった。本物の海には三年に一度くらいしか連れていってもらえないし、いつも見るのはテレビのなかの海で、テレビのなかの海に水平線が映っていたかどうか、はっきりしなかった。

「海に行きたい」わたしは言った。

だれも何も言わなかった。太刀川さんだけがわたしのほうを向いてにっこり笑った。この人はきっといい人だ、とわたしは思った。

「わたし、きょうの夕食に、みなさんにメキシコ料理を作って差しあげようと思って、材料を用意してきました」

太刀川さんはそばに置いたエコバッグを持ちあげて見せた。

「まだ、大事な質問が残っておる」

おじいさんは腕組みをし、顎を反らした。そのほうが偉そうに見えるからだ。

「何でしょう。どんな質問でもお受けします」

光るような声で太刀川さんは言い、おじいさんに向かって小首をかしげた。

それを見たおばあさんはおかあさんに目配せをした。おかあさんが首をすくめた。

おじいさんはわざとらしい咳払いをしてから、

「あんたは、この稼ぎのない、生活力のない銀一が物を排除する生活をしていることを知っておるのかね。あいつの部屋には何もないいんですぞ。人間の住処と呼べるような家じゃない」と言った。

「ああいう生活こそ、わたしのあこがれです。物は持たない、嫌な仕事はしない、嫌な情報は耳に入れない。理想の生活です」

「あこがれや理想なんかで生活ができるわけがない。銀一はバカで一徹だから、意固地になってやってるだけだ。じゃあ、あんたも仕事を辞めるのか。持ってる物を捨てるのかね」

「コロッケを揚げるのは好きな仕事なので辞めません。所有物はこの前、靴を五足、リサイクルセンターに持って行きました。スカートもブラウスも、これからどんどん少なくできると思うとわくわくします」

「これだからなあ。所帯を持つ苦労がわかっとらん」

「わたし、おっしゃったように名前も変えます。太刀川捻子に改名します」

身を乗りだして、太刀川捻子さんは言った。

おばあさんが小さい声で「ありゃ」と言った。おじいさんはぎろっとおばあさんを睨んだけれど、何も言わなかった。

おばあさんはおじいさんと結婚したとき、名前を鉄子に変えられそうになったという。けれど、おばあさんはその名前が大嫌いで、「鉄子」と呼ばれるたびに兎山に逃げ帰った。

おばあさんはいつまでも家に帰ってこず、おじいさんは兎山がどこにあるかわからず、で、おじいさんはとうとう「鉄子」と呼ばなくなった。だから、おばあさんはいまも葉菜を通している。

捻子さんは持参した金槌柄のエプロンを当てると、台所に立った。

おばあさんとおかあさんの、お手伝いしましょうか、との申し出は丁寧に断わり、「作りすぎて、余りものが出ないように気をつけて」という銀一おじさんの言葉も無視して、そのあと、捻子さんは一人で一心に料理をした。

その間、おばあさんは洗濯物を畳みはじめたものの、いつものように途中で仏壇の花を買いに行ったし、おかあさんは、その残された洗濯物を畳んで片づけてから二階にあがって仕事をはじめたし、小鉄は知らぬ間にどこかへ消え、戻ってきたときには帽子にひっつき虫をいっぱいくっつけていた。そしておじいさんと銀一おじさんは向かい合って、ひと言も言葉を交わさずに新聞を半分に分けて読んでいた。

わたしは台所から流れてくる匂いのなかにコロッケの匂いが混じっていないかと、十分おきに台所に近づいては様子を窺った。でも、強い香辛料の匂いが漂ってくるばかりで、コロッケの匂いはまったくしなかった。

やがて、食卓にメキシコ料理が並んだ。

タコス、チリビーンズ、エンチラーダ、メキシカンサラダに、メキシカンピラフ。

小鉄が食卓を見回し、そこに期待していたコロッケがないのを見ると、「あーあ」と、椅子に倒れ込んだ。

おかあさんは料理を褒めちぎり、おばあさんはうなずきながらいろんな料理を黙って食べた。銀一おじさんは一口食べるたびに、「うん、とってもおいしい」と捻子さんに言った。

おじいさんは辛いサルサをのせられるだけタコスにのせてから、大きい口をあけてかぶりついた。食べ終えると口をあけ、はあっと息を吐いた。スパイスの効いた辛いメキシコ料理が気に入ったみたいだった。

わたしはタコスを食べはじめたとたん、コロッケのことはどこかにぶっ飛んだ。こんなにおいしいものをいままで知らなかったなんてどうかしていた、と感激しながら小鉄を見ると、憂鬱そうな顔をしてメキシカンピラフを食べていた。小鉄はどうしてもコロッケが食べたかったのだ。


結婚パーティーは、蕨の二階の、郷土料理店河辺で開かれた。家内で何か祝い事があると、うちではそこに行く。郷土料理といっても、献立表にあるのは押し寿司、根菜の煮しめ、川魚の天ぷらや焼いたの、白和え、だんご汁などという、小学生にとってはぱっとしない地味な料理ばかりで、「河辺でやるか」とおじいさんが言いだすと、わたしだけでなく、ほかのみんなも、ああ、と曖昧にうなずいて、言いたい言葉をのみ込む。

結婚祝いにふさわしく、おばあさんは黒いワンピースに真珠のネックレスをした。おかあさんはサーモンピンクのワンピースにコサージュをつけ、わたしは黄色い水玉のブラウスに水色のスカートを履いた。そして小鉄は阪神タイガース柄の黄色の縁どりのあるストライプのシャツにストライプの半ズボンを履いた。小鉄はべつに阪神タイガースのファンじゃないのに、いつだったか、銀一おじさんが「可愛いのを見つけたよ」と、古着屋でその上下を買ってきて以来、それが小鉄のよそゆきになってしまった。上下揃い、ということで。小鉄は着るものには無頓着なので文句も言わずに着ているけれど、わたしは不憫だ。

おじいさんがいつものように半袖Tシャツに半ズボンで出かけようとしたので、おばあさんに止められた。

「いくらなんでも非常識ですよ」とおばあさんは言った。

「おぬしの常識ほど、当てにならんものはないな」

そう言い返しながらふり返ったおじいさんは、蝶ネクタイとタキシードがプリントされた半袖Tシャツを着ていた。下は黒の半ズボン。おじいさんは悠々と金色のハイソックスを履いた。こうしてみると、おじいさんが一番それらしい姿となった。

河辺の座敷の上座に座っている捻子さんはどこで買ったのか、捻子柄のドレスを着ていた。銀一おじさんは一着だけ持っているジャケットを着込み、ピストル柄のネクタイを締めている。

遅れてやって来た錐子おばさんは五色のラメ糸で編まれたロングドレスを着ていた。おじいさんはおばさんをジロリと見たけれど何も言わなかった。おばさんのドレスはおじいさんの正装よりちょっとだけ派手だった。

「めでたい日に、あえてめでたいというのは野暮だ。わしは言わんぞ。銀一、うまくやれ」

おじいさんの挨拶の思いがけない短さに、みんなは盛大に拍手した。とはいえ人数が少ないので、実際に聞こえたのは、ぱちぱち、というまばらな音に過ぎなかったけれど。

そのあと、残りの者が「おめでとう」、「おしあわせに」、「よかったね」、「まけるな」と短くお祝いの言葉を言い、最後に小鉄が「ピストルが欲しい」と言った。

捻子さんが「引出物です」と、参列者一人ひとりにくれた白い箱にはコロッケが二個収まっていた。

「ぼく、毎日、結婚パーティーしたい」と小鉄は喜んだ。

あとがき

子どものときの楽しかったことを思い出そうとしても、楽しかったこともいっぱいあったはずなのに、どうでもいいことばかり頭に浮かんでくる。

玄関脇の犬のシロが掘った穴はつやつやしていた（シロは履物だけでなく、お饅頭のかけらや魚の骨などもそこに隠していた）、とか。夜、隣の家にテレビを見にいこうとして、裏の畑に出る開き戸をあけたとたん、上からヤモリが頭の上に落ちてきた、とか。台所のガラス戸はちょっと持ちあげるようにしてあけていた、とか。黒いすきやき鍋や、ライスカレーを食べたお皿の柄や、お便所の把手の形や。

「まだらな毎日」に書いたことは、ずっと前に書いた『大きい家　小さい足』（理論社）と重なっているものもある。ずるずると記憶の芋づるを引っ張り出しているうちに、ついつい同じものが出てきてしまった感じ。

子どものときは、こうだから嬉しいとか、こうだから悲しいとは思わなかったから、悲しいも、嬉しいも、つまらないも、くやしいも、ごちゃごちゃしていた。ほかの子に比べて感情が激しい子どもだとは自分では思っていなかったけれど、小さいときから「気が強い」と言われていた。そのことが母とぶつかる原因だったのかどうか、わからない。

あれほど母に言われて嫌だったのに、大人になったわたしは、家族が何かしようとすると、気がつくと横から口出しをしていた。そして嫌がられる。先回りして言ったりもする。さらに嫌がられる。母が死んで二十年たつというのに、母はいまもわたしのなかに生きている。

若いときにカメラの使い方を覚えて、一時期、町の写真を撮ったりしていた。小さい新聞社で記者をしていたときには現像の仕方も覚えた。それも面白かった。

だがそのあと、いつのまにか写真を撮らなくなっていた。それがこのたび、ほんとうに久しぶりに町のあちこちを写真を撮って歩いた。写真を撮って歩きたい、という気持ちがどこかにくすぶっていたのだと思う。いい写真など撮れるはずもなかったが、町を歩きまわって写真を撮るのは嬉しくて、楽しかった。目的を持たずにぶらぶら町を歩くと、いろんなところに「ほほう」と思うものはあった。カメラを向けると、日ごろ見えていなかったものが見えてきた。

「釘乃の穴」については特に何もありません。風通しの良い短編を書こうと思っていたのに、書いてみると、風通しの悪い家族のはなしになってしまって、恥ずかしい。

こんな変な組み合わせの本を、あきれ顔も見せずに細やかな助言をくださり編集してくださったかもがわ出版の天野みかさんと、撮り散らかした写真を見てくださった伊勢功治さんに心からお礼申し上げます。

二〇二四年三月

岩瀬成子

著者略歴

岩瀬成子（いわせ じょうこ）
1950 年、山口県生まれ。『朝はだんだん見えてくる』で日本児童文学者協会新人賞、『「うそじゃないよ」と谷川くんはいった』で小学館文学賞と産経児童出版文化賞、『ステゴザウルス』と『迷い鳥とぶ』の２作で路傍の石文学賞、『そのぬくもりはきえない』で日本児童文学者協会賞、『あたらしい子がきて』で野間児童文芸賞、『きみは知らないほうがいい』で産経児童出版文化賞大賞、『もうひとつの曲がり角』で坪田譲治文学賞を受賞。国際アンデルセン賞ノミネートにより、第８回 JBBY 賞（作家の部門）受賞。そのほかの作品に、『まつりちゃん』『ピース・ヴィレッジ』『地図を広げて』『わたしのあのこあのこのわたし』『ひみつの犬』『真昼のユウレイたち』などがある。

まだら模様の日々

2024 年 4 月 23 日　初版第 1 刷発行

著　者　岩瀬成子

発行者　竹村正治
発行所　株式会社 かもがわ出版
〒 602-8119　京都市上京区堀川通出水西入
TEL 075-432-2868　FAX 075-432-2869
振替　01010-5-12436
http://www.kamogawa.co.jp
印刷所　シナノ書籍印刷株式会社

ISBN978-4-7803-1321-5　C0095　Printed in Japan